Boris Vian
Der Voyeur

BORIS VIAN
Der Voyeur

Dreizehn unanständige Geschichten
mit Zeichnungen von Siné

Aus dem Französischen von Asma Semler,
Frank Heibert und Klaus Völker

Herausgegeben von Klaus Völker

Verlag Klaus Wagenbach Berlin

Wagenbachs Taschenbuch 418
Neuausgabe

Verlag Klaus Wagenbach, Emser Straße 40/41, 10719 Berlin
Umschlaggestaltung Groothuis & Consorten unter
Verwendung eines Bildes des AKG, Berlin
Autorenfoto: @ Roger-Viollet
Das Karnickel auf Seite 1 zeichnete Horst Rudolph
Gesetzt aus der Sabon
Gedruckt und gebunden von Pustet, Regensburg

ISBN 3 8031 2418 2

INHALT

DER BADEPRIESTER

Pauwels ist an allem schuld. Ohne seinen Artikel wäre ich nie in Deligny gewesen, und nichts wäre passiert. Ich wollte Frauen sehen und, ehrlich gesagt, ich hatte eine Gelegenheit, unbemerkt hinzugehen: ich bin kein Scheich, aber für einen Stadtstreicher bin ich ordentlich braungebrannt (meine Leber), und meine Glieder habe ich alle beisammen. Auf dem Holzdeck war es schön; ich wagte nicht, baden zu gehen, Pauwels hat mir mit seinem Chlornatron Angst gemacht, und dann gab es Frauen zu sehen, aber ich hatte Pech: nur häßliche. Ich habe mich auf den Rücken gelegt, ich habe die Augen geschlossen und ich habe darauf gewartet, ganz braun zu werden. Und dann kommt mir in dem Moment, wo ich mich veranlaßt sah, mich wieder auf den Bauch zu legen, um nicht wie ein Strandzelt auszusehen, ein Kerl in die Quere. Er las im Gehen. Er las ein Gebetbuch. Na klar, ein Pfarrer. Die waschen sich also? geht mir durch den Kopf, und dann erinnere ich mich, daß die Seminaristenordnung nur Frauen verbietet, sich die Ritze zu säubern.

Nachdem das Eis nun mal gebrochen war, wollte ich ihn umbringen, aber ich besinne mich eines Bessern.

»Herr Pfarrer, ein Interview, bitte, für ›La Rue‹«, sage ich zu ihm.

»Ja, mein Sohn«, antwortet der Pfarrer. »Einem verirrten Schäfchen kann ich das nicht abschlagen.«

Ich versuche ihm klarzumachen, daß ich ein Mann und mithin eher dem Schafsbock als dem Schäfchen assimilierbar bin, aber kratz die Kurve, weg ist das Zelt. Kein Mann mehr. Gar nichts mehr. Gut, denke ich, daran ist der Pfarrer schuld; es kehrt zurück, wenn er weg ist. Ich fange also an, egal.

»Herr Pfarrer«, sage ich, »sind Sie Marxist?«

»Nein, mein Sohn«, sagt der Pfarrer. »Wer ist Marx?«

»Ein armer Sünder, Herr Pfarrer.«

»Beten wir also für ihn, mein Kind.«

Er fängt zu beten an. Wie ein Tölpel führte ich mich auf und ließ mich anstecken, und ich beginne die Hände zu falten, aber ein Büstenhalter platzt direkt unter meiner Nase, und ich spüre, wie es wiederkehrt; es bringt mich auf den rechten Weg.

»Herr Pfarrer«, fahre ich fort, »gehen Sie b...?«

»Nein, mein Sohn«, antwortet er. »Was ist das?«

»Sie b... nicht?«

»Nein, mein Sohn«, antwortet er, »ich lese in meinem Gebetbuch.«

»Aber, das Fleisch?«

»Ach«, sagt der Pfarrer, »das zählt nicht.«

»Sind Sie Existenzialist, Herr Pfarrer?« fahre ich fort. »Haben Sie den Prix de la Pléiade erhalten? Sind Sie Anarchomasochist, Sozialdemokrat, Advokat, Mitglied der gesetzgebenden Versammlung, Israelit, Großgrundbesitzer oder Devotionalienhändler?«

»Nein, mein Sohn«, entgegnet er mir, »ich bete und ich lese auch den ›Pèlerin‹; manchmal ›Témoignage chrétien‹, aber das ist ein allzu freizügiges Blatt.«

Ich lasse nicht locker.

»Gehören Sie der Philosophischen Fakultät an? Sind Sie Meister im Wettgehen oder im baskischen Ballspiel? Lieben Sie Picasso? Veranstalten Sie Tagungen über die religiösen Gefühle bei Rimbaud? Gehören Sie zu denen, die wie Kierkegaard glauben, daß alles vom Standpunkt abhängt, auf den man sich stellt? Haben Sie eine kritische Ausgabe der ›Hundertzwanzig Tage von Sodom‹ veröffentlicht?«

»Nein, mein Sohn«, antwortet der Pfarrer. »Ich gehe nach Deligny und ich lebe im Frieden des Herrn. Ich male meine Kirche alle zwei Jahre neu an und ich höre die Beichte meiner Pfarrkinder.«

»Aber Sie werden es nie zu etwas bringen, Sie sonderbarer Narr!« entgegne ich ihm (ich ereiferte mich). »Kurz, wollen Sie noch lange so weitermachen? Sie führen ein lächerliches Leben! Keine weltliche Bindung, keine Cremoneser Geige, keine Trompete von Jericho? Kein verborgenes Laster? Keine Schwarzen Messen? Kein Satanskult?«

»Nein.«

»O, Herr Pfarrer«, sage ich, »Sie übertreiben.«

»Ich schwörs Ihnen vor Gott«, sagte der Pfarrer.

»Aber schließlich, Herr Pfarrer, wenn Sie nichts von all dem tun, sind Sie sich denn auch bewußt, daß Sie als Pfarrer nicht existieren?«

»Leider, mein Sohn«, sagte der Pfarrer.

»Glauben Sie an Gott?«

»Daran ist nicht zu rütteln.«

»Auch daran nicht?« (Ich hielt ihm den Schwanz hin.)

»Ich glaube an ihn«, sagte der Pfarrer.

»Sie existieren nicht, Herr Pfarrer, Sie existieren nicht. Das ist nicht möglich.«

»Das ist wahr, mein Sohn. Sie haben zweifellos recht.«

Er machte einen erschöpften Eindruck. Ich habe ihn erblassen sehn, und seine Haut ist durchsichtig geworden.

»Was geschieht Ihnen, Herr Pfarrer? Nehmen Sie's nicht tragisch! Sie haben Zeit, einen Band Gedichte zu schreiben!«

»Zu spät«, murmelte er. Seine Stimme erreichte mich von sehr weit her. »Was wollen Sie, ich glaube an Gott, und das ist alles.«

»Aber das gibt es nicht, so einen Pfarrer« (ich murmelte auch).

Er wurde immer durchsichtiger, und dann löste er sich an Ort und Stelle in Dampf auf. Verdammt, das war mir peinlich. Kein Pfarrer mehr. Das Gebetbuch habe ich als Andenken mitgenommen. Ich lese jeden Abend ein wenig darin. Ich habe darin seine Adresse gefunden. Von Zeit zu Zeit gehe ich zu ihm, in das kleine Pfarrhaus, wo er lebte. Ich gewöhne mich daran. Sein Dienstmädchen hat sich getröstet, sie liebt jetzt mich, und dann höre ich einige Male die Beichte der Mädchen, der jungen ... ich trinke Meßwein ... Im Grunde ist es gar nicht übel, Pfarrer zu sein.

Hochwürden Boris Vian
Mitglied der NVGJ.*

* Nationale Vereinigung Gesellschaft Jesu.

DER SÜDWALL

1

Der Major, der von Schulden überhäuft war wie seit Jahren nicht mehr, beschloß, sich ein Auto zu kaufen, um angenehmere Ferien zu verbringen.

Zunächst machte er die naheliegendsten Gelder flüssig, indem er seine drei üblichen Kumpel anpumpte, um sich ein königliches Besäufnis zu bereiten, denn sein Glasauge schillerte in Richtung Indigoblau, und das war ein Zeichen für Durst. Es kostete ihn dreitausend Francs; er weinte ihnen umso weniger nach, als er nicht vorhatte, sie je zurückzuzahlen.

Nachdem er auf diese Weise die Operation erst interessant gemacht hatte, bemühte er sich, sie weiter zu komplizieren, um sie auf die Höhe eines heidnischen Wunders zu erheben, und leistete sich einen zweiten Suff mit dem Geld, das ihm der Verkauf seines mittelalterlichen Keuschheitsgürtels einbrachte, der mit Gewürznelken besetzt und aus reinem Leder getrieben war, so weit, wie noch nie jemand gegangen war.

Ihm blieb nicht viel übrig, aber das war immer noch zuviel. Er zahlte mit seiner Armbanduhr die Miete, tauschte seine Hosen gegen Shorts und sein Hemd gegen ein Lacoste und machte sich schließlich, völlig am Ende, auf die Suche nach einer Möglichkeit, sein restliches Geld auszugeben.

(Im Laufe seiner Nachforschungen hatte er das Pech, eine Erbschaft zu machen, aber glücklicherweise erfuhr er bald, daß er sie nicht vor einigen Monaten antreten konnte – eine mehr als ausreichende Verzögerung.)

Der Major besaß noch elf Francs und einige Vorräte. Unter diesen Umständen konnte er nicht fortgehen. Also bereitete er bei sich zu Hause eine mittelprächtige »Surprise-Party« vor.

Glücklicherweise fand sie statt, und am Ende besagter Party blieb ihm ein einfaches 100 g-Päckchen gemahlener Curry übrig, leicht abgestanden, keiner hatte es aufbrauchen können. Entgegen seinen Erwartungen bildete nämlich das hochgeschätzte Selleriesalz die Grundlage für die meisten der letzten servierten Cocktails, und der zu diesem Gebrauch vorgesehene Curry war verschmäht worden.

(Das unsagbare Pech, das den Major zu verfolgen schien, wollte es jedoch, daß eine der eingeladenen Personen ihre Handtasche mit fünfhundert Francs darin bei ihm vergaß. Alles schien von vorn zu beginnen, als den Major, in Folge eines seiner Geniestreiche, die typisch für ihn sind, die Lust überkam, mit ordnungsgemäß erworbener Fahrerlaubnis gerüstet in die Ferien zu fahren; sogleich muß darauf hingewiesen werden, daß dieses Vorhaben ihn rettete.)

2

Der Major brach über seinen Freund, den Bison, herein, als dieser sich gerade mit seiner Frau und dem Bisönchen unter großem Kieferklappern zu Tisch begeben wollte; es wurde ein Nudelgericht in Wasser gekocht, dem die Bisonin zehn Minuten Zubereitungszeit hatte angedeihen lassen, die ganze Familie freute sich schon bei dem Gedanken an die bevorstehende Freßorgie.

»Ich esse mit euch zu Mittag!« sagte der Major und erzitterte vor Lust, als er die Nudeln im Wasser erblickte.

»Du Sau!« sagte der Bison. »Du hast sie wohl schon von weitem gerochen, was?«

»Genau!« sagte der Major und bediente sich großzügig vom Landwein, der speziell für ihn vorgesehen war und den man ein wenig säuern ließ, damit er noch einen zusätzlichen Geschmack zu seiner Originalnote annahm, die unleugbar wirkungsvoll ist, wie jedermann weiß.

Der Bison nahm einen zusätzlichen Teller aus dem Buffet und stellte ihn direkt vor dem Major auf den Tisch.

Der Major ließ sich für gewöhnlich bedienen und hegte deshalb keinen Groll gegen die arbeitende Bevölkerung.

»Es geht um folgendes!« sagte der Major. »Wohin fahrt ihr in den Ferien?«

»Ans Meer. Ich will es sehen, bevor ich sterbe«, bekräftigte der Bison.

»Sehr gut«, sagte der Major, »ich kaufe ein Auto und nehme euch mit nach Saint-Jean-de-Luz.«

»Sekunde!« sagte der Bison. »Hast du Knete?«

»Absolut«, sagte der Major. »Ich hätte welche. Mach dir darum keine Sorgen.«

»Kannst du irgendwo unterkommen?«

»Absolut«, sagte der Major. »Meine Großmutter, die tot ist, hatte da ein Appartement, und mein Vater hat's behalten.«

Der Bison hörte das stumme e vor dem s statt danach und schloß daraus, daß es sich um das Appartement handelte, nicht um die Großmutter.

Die Nudeln quollen weiter in ihrem Kochwasser, und die Bisonin brachte schon zum dritten Mal den Abfalleimer mit den Überresten runter.

»Gut, nehmen wir mal an«, sagte der Bison, »du hast Benzin. Denn das ist ganz nützlich für ein Auto.«

»Läßt sich auftreiben«, versicherte der Major. »Wenn man eine ordnungsgemäße Erlaubnis hat, kriegt man Benzingutscheine.«

»Perfekt!« sagte der Bison. »Kennst du jemanden auf der Präfektur, um eine Erlaubnis zu bekommen?«

»Nein«, sagte der Major, »aber kennt ihr denn niemanden?«

»Ach, darauf wolltest du hinaus, was?«

Der Bison blickte ihn verstohlen und vorwurfsvoll an.

»Ich mache euch darauf aufmerksam«, mischte sich seine Gattin ein, »daß wir das Zimmer wechseln müssen, wenn ihr diese Nudeln jetzt nicht eßt, denn sonst passen wir hier nicht mehr alle rein.«

Sie stürzten sich alle vier auf das Nudelgericht, wobei sie entzückt an die Grimassen dachten, die die Deutschen einst vor der Butter aus der Normandie und den fetten Würstchen gemacht hatten.

Der Major trank einen Landwein nach dem anderen; sein einziges Auge zwang ihn dazu, das Nötige zu tun, um doppelt zu sehen und auch nicht einen Bissen zu verpassen.

Der Nachtisch bestand aus tüchtig altbackenen und zwischen zwei rosa Gelatineblättern mit Liebstöckel-Geschmack, nach Jules-Gouffé-Art zubereiteten Brotscheiben. Der Major nahm zweimal nach, und es blieb nichts davon übrig.

»Könnte uns Annie nicht über ihre Zeitung bei der Präfektur protegieren?« sagte die Bisonin. »Weil ich nämlich nicht mit dir losfahre, wenn du nicht die Erlaubnis hast.«

»Hervorragende Idee!« sagte der Major. »Sei beruhigt – ich mag die Bullen auch nicht mehr als du. Beim Anblick eines Polizisten kriege ich eine Dünndarmverschlingung.«

»Aber wir müßten uns vielleicht beeilen«, bemerkte der Bison. »Meine Ferien fangen in drei Wochen an.«

»Perfekt!« sagte der Major, denn er dachte, daß er so genug Zeit haben würde, die fünfhundert Francs zu verplempern.

Er trank einen letzten Schluck vom Roten, nahm eine Zigarette aus dem Paket der Bisonin, rülpste gewaltig und stand auf.

»Ich werde mir mal Autos anschauen«, sagte er im Gehen.

3

»Hört zu«, sagte Annie, »ich werde euch mit Pistoletti zusammenbringen, das ist der Typ von der Präfektur, der sich um die Erlaubnisscheine für die Zeitung kümmert. Das ist ganz einfach. Ihr werdet sehen, er ist sehr nett.«

»Einverstanden«, sagte der Major. »Ich denke, daß es so gehen wird. Das wird bestimmt gehen. Pistoletti ist ein bewundernswerter Mann.«

Sie saßen auf der Terrasse des Café »Duflor« und warteten auf die Bisonin und ihren Sohn, die leicht verspätet waren.

»Ich nehme an«, sagte der Major, »daß sie eine ärztliche Bescheinigung für das Baby mitbringen wird. Das wird uns helfen, die Erlaubnis zu bekommen. Sie hat das wohl heute gemacht.«

»Ach ja?« sagte Annie. »Was wird da bescheinigt?«

»Daß es die Reise im Zug nicht verträgt«, antwortete der Major und rieb sein beschlagenes Monokel.

»Da sind sie ja!« sagte Annie.

Die Bisonin rannte hinter dem Bisönchen her, der gerade ihre Hand losgelassen hatte. Er raste fünfzehn Meter weiter und setzte sich mit einem Tischchen der »Deux Magots« auseinander, das obenrum zunächst aus Marmor war, einen Augenblick später aus Scherben.

Der Major erhob sich und versuchte, das Kind und das Tischchen voneinander zu trennen. Ein Kellner kam und begann zu protestieren.

»Erlauben Sie«, sagte der Major, »ich habe alles gesehen. Der Tisch hat angefangen. Seien Sie nicht halsstarrig, oder ich lasse Sie verhaften.«

Er holte seinen gefälschten Geheimpolizei-Ausweis hervor, und der Kellner fiel in Ohnmacht. Daraufhin nahm der Major ihm seine Armbanduhr weg und ging zu Annie und der Bisonin zurück, wobei er das Kind an der Hand hinter sich herzog.

»Du könntest besser auf deinen Sohn aufpassen«, sagte er.

»Du nervst mich. Ich habe die Bescheinigung. Dieses Kind ist rachitisch und kann eine Reise mit der Eisenbahn nicht vertragen.«

Während sie dies sagte, ließ sie dem Jungen einen großzügig bemessenen Faustschlag zuteil werden, der ihn in den Zustand sanfter Fröhlichkeit versetzte.

»Ein Glück für die Französische Staatsbahn ...«, murmelte der Major.

»Du willst mir doch nicht erzählen, daß du noch keine Cafétische kaputtgemacht hast?« begann sie drohend.

»In diesem Alter nie!« sagte der Major.

»Kein Wunder! Du bist ja auch zurückgeblieben!«

»Gut!« sagte der Major. »Streiten wir uns nicht. Gib mir diese Bescheinigung.«

»Zeigt mal,« sagte Annie.

»Der Doktor hat überhaupt keine Schwierigkeiten gemacht«, sagte die Bisonin. »Jeder kann sehen, daß dieses Kind rachitisch ist. Wirst du wohl diesen Stuhl in Ruhe lassen! ...«

Bisönchen hatte gerade die Rückenlehne eines benachbarten Kunden ergriffen, und das Ganze brach zusammen, wobei noch einige Gläser inmitten eines gewissen Getöses mitgerissen wurden.

Der Major verzog sich diskret, als ob er gegen einen Baum pinkelte, und Annie tat so, als kenne sie niemanden.

»Wer hat das gemacht?« fragte der Kellner.

»Der Major war's«, sagte Bisönchen.

»Ach ja?« fragte der Kellner mit ungläubigem Gesicht. »Nicht das Kind, Madame?«

»Sie sind verrückt«, sagte sie. »Er ist dreieinhalb Jahre alt.«

»Mauriac ist ein kindischer Greis«, folgerte Bisönchen.

»Das ist wohl wahr«, sagte der Kellner und setzte sich an den Tisch, um über Literatur zu diskutieren.

Der Major kam beruhigt zurück und setzte sich wieder zwischen die beiden Frauen.

»Also«, sagte Annie, »ihr geht zu Pistoletti ...«

»Und was hältst du von Duhamel?« sagte der Kellner.

»Denkt ihr, daß es klappen wird?« sagte der Major.

»Duhamel wird stark überschätzt«, sagte Bisönchen.

»Natürlich«, sagte Annie. »Mit dem Brief von der Zeitung ...«

»Dann werde ich also morgen hingehen«, sagte der Major.

»Ich werde dir mein Manuskript geben«, sagte der Kellner, »und du wirst mir dann sagen, was du davon hältst. Er spielt in einer flauschigen Grube. Ich glaube, ich habe genau den gleichen Geschmack wie du.«

»Wieviel sind wir Ihnen schuldig, Herr Ober?« fragte Annie.

»Nein«, sagte die Bisonin, »das mache ich.«

»Erlaubt ihr ...«, sagte der Major.

Da er keinen Sou hatte, lieh ihm der Kellner etwas Geld, und der Major hinterließ ein üppiges Trinkgeld und steckte das Kleingeld aus lauter Zerstreutheit in die Tasche.

4

»Ich geh aufmachen«, brüllte Bisönchen.

»Du nervst mich«, antwortete sein Vater. »Du weißt doch, daß du zu klein bist, um ans Schlüsselloch zu kommen.«

Von Wut ergriffen, warf der andere sich mit beiden Füßen in die Luft, wobei er wie eine Katze sprang, und schien verwundert darüber, daß er sich auf seinem Hintern wiederfand, mit einem großen grünen Funken.

Es war der Major. Er erschien normal, abgesehen davon, daß sein flacher Hut von changierenden und eigenartigen Lichtreflexen glitzerte: er hatte Pute gegessen.

»Nun?« sagte der Bison.

»Ich habe das Auto! Einen Renault von 1927, Coach-Modell mit Kofferraum.«

»Und mit der Motorhaube, die nach vorn aufgeht?« fragte der Bison besorgt nach.

»Ja ...«, gab der Major mit Bedauern zu, »und mit Beleuchtung über Magnetzündung und esoterischer Bremse auf dem Auspuff.«

»Das ist aber ein altes System«, bemerkte sein Gesprächspartner.

»Das weiß ich wohl«, sagte der Major.

»Wieviel?«

»Zwanzigtausend.«

»Das ist nicht teuer«, schätzte der Bison. »Aber im Grunde ist es auch nicht geschenkt.«

»Nein, und deshalb mußt du mir auch fünftausend Francs leihen, damit ich es ganz bezahlen kann.«

»Wann wirst du sie mir zurückgeben?«

Der Bison erschien mißtrauisch.

»Montagabend ganz sicher«, versicherte der Major.

»Hm!« sagte der Bison. »Großes Vertrauen habe ich nicht.«

»Das verstehe ich«, sagte der Major, und er nahm die fünftausend Francs, ohne sich zu bedanken.

»Bist du auf der Präfektur gewesen?«

»Ich gehe jetzt hin ... Ich zögere immer, bevor ich mich mitten in eine Bande bornierter, ekelerregender Schnüffler begebe.«

»Na, dann reiß dich zusammen«, sagte der Bison und schob ihn auf den Treppenabsatz, »und leg ein bißchen Tempo zu.«

»Auf Wiedersehen!« schrie der Major vom darunterliegenden Stockwerk hoch.

Er kam zwei Stunden später zurück.

»Mein Alter«, sagte er, »noch klappt es nicht. Du mußt eine Erklärung abgeben, die bestätigt, daß du über das notwendige Benzin verfügst.«

»Du kotzt mich an!« sagte der Bison. »Ich habe die Nase voll von diesen ganzen Verzögerungen. Ich bin jetzt schon seit einer Woche in Ferien, und es macht mir absolut keinen Spaß, hierzubleiben. Du solltest auch besser mit uns den Zug nehmen.«

»Aber hör mal, es ist doch schließlich angenehmer, im Auto hinzufahren, und auch für die Verproviantierung unten ist es bequemer.«

»Sicherlich«, sagte der Bison, »aber wenn ich ankomme, werde ich sofort wieder abfahren müssen, weil meine Ferien zu Ende sind. Und überhaupt werden wir unterwegs geschnappt werden ...«

»Das wird jetzt alles wie von selbst gehen«, versicherte der Major. »Mach mir diesen Wisch fertig. Dann wird alles in Ordnung gehen, oder ich fahre eben mit dir im Zug.«

»Ich werde dich begleiten«, sagte der Bison. »Ich werde in meinem Büro vorbeischauen und es von meiner Sekretärin tippen lassen.«

Dies wurde erledigt. Sie betraten die Präfektur eine dreiviertel Stunde später und erreichten durch ein gewundenes Labyrinth hindurch das Büro von Pistoletti.

Pistoletti, ein liebenswürdiger Fünfziger, etwas spitz, ließ sie nur fünf Minuten warten. Nach einigen Vorbesprechungen erhob er sich und schleifte sie hinter sich her, wobei er einige Formulare und das Berechtigungsschreiben hielt, die der Major und der Bison geschrieben hatten.

Sie durchquerten einen schmalen Durchgang, der eine überdachte Brücke war und zwei benachbarte Gebäude miteinander verband. Das Herz des Majors drehte sich sehr schnell um sich selbst, wobei es wie ein Nürnberger Kreisel röchelte. In einem Tunnel mit Gewölbedecke warteten lange Schlangen vor den Bürotüren, die meisten davon unwillig, andere machten sich zum Sterben bereit. Man ließ sie dort liegen und sammelte sie abends auf.

Pistoletti ging an ihnen vorbei und trat ein. Er hielt inne und schien verstört darüber, daß er sich nicht vor der Person befand, die er zu sehen erwartet hatte.

»Guten Tag, Monsieur Pistoletti!« sagte der andere.

»Guten Tag, Monsieur«, sagte Pistoletti. »Also, ich hätte gern Ihren Stempel für diesen Antrag, der ordnungsgemäß ist.«

Der Mann schlug im Aktenstapel nach.

»Nun wohl«, sagte er. »Sie bestätigen, daß Sie das nötige Benzin haben, folglich gibt es keinen Grund, Ihnen eine Zuteilung zukommen zu lassen.«

»Hm ...«, sagte Pistoletti, »... ich habe den Herrn Major um diese Bestätigung gebeten, weil Sie ... weil Ihr Vorgänger uns nahegelegt hatte ... also, um Benzin zu bekommen, kurz und gut...«

»Ach?« sagte der andere.

Er schrieb auf das Papier: »Keine Zuteilung, da der Antragsteller behauptet, über das notwendige Benzin zu verfügen.«

»Danke!« sagte Pistoletti und ging mit dem Papier wieder hinaus.

Er kratzte sich am Schädel und verstreute dabei blutige Hautfetzen im Korridor. Ein Polizist kam vorbei und rutschte darauf aus und wäre beinahe hingefallen, und der Major kicherte hämisch, wurde aber wieder ernst, als er das Gesicht Pistolettis sah.

»Geht es nicht?« fragte der Bison.

»Nun ja ...«, sagte Pistoletti, »wir werden jetzt mal zu Ciabricot gehen ... Das ärgert mich ... Dieser Funktionär, bei dem ich gerade war, ist wohl ausgetauscht worden, und dieser neue sieht ganz und gar nicht danach aus, als hätte er die gleichen Ansichten wie der andere. Na ja ... Es kann aber trotzdem klappen. Aber der andere hatte mir gesagt, daß es mit diesem Papier hier wie von selbst laufen würde ...«

»Gehen wir halt hin«, sagte der Bison.

Pistoletti, gefolgt von seinen beiden Jüngern, erreichte das äußerste Ende des Korridors und ging wiederum vor der ersten Person in der Warteschlange hinein. Der Major und sein Freund setzten sich auf eine Rundbank, die den Fuß von einer der Säulen umrundete, welche das Gewölbe stützten. Sie zählten bis tausend, im Viereinhalb-Takt, um die Zeit zu vertreiben. Eine Viertelstunde später kam Pistoletti aus dem Büro. Er sah sosolala aus.

»Bitte sehr«, sagte er zu ihnen. »Er hat ›Bewilligt‹ auf den Antrag geschrieben. Er hat das Datum eingesetzt, dann hat er gefragt, ›Und wohin soll's gehen?‹ Und da habe ich es ihm gesagt, beziehungsweise er hat nachgeschaut, dann hat er sich die Leber gehalten und dann hat er gesagt, ›Das ist viel zu weit‹, und er hat alles durchgestrichen, was er gerade hingesetzt hatte. Er hat's an der Leber.«

»Also«, fragte der Bison, »es ist abgewiesen?«

»Ja ...«, sagte Pistoletti.

»Und Sie glauben«, sagte der Bison, wobei dichter Rauch seinen Schuhen zu entweichen begann, »daß wir, wenn wir Ihrem Ciabricot, wenn wir ihm zehntausend Francs gäben, daß wir dann auch keine Erlaubnis bekämen?«

»Also dann«, legte der Major noch einen drauf, »darf man noch nicht mal mehr ein Kind im Auto mitnehmen, das die Eisenbahn nicht verträgt?«

»Was verlangen wir denn von Ihnen?« fuhr der erste fort. »Nichts! Kein Benzin, denn wir haben ja gesagt, daß wir welches haben. Wir verlangen von Ihnen eine Unterschrift unten auf einem Wisch, nur um die Karre aus der Garage holen zu können, wobei es klar ist, daß wir uns fürs Benzin auf dem Schwarzmarkt umsehen werden. Na und?«

»Das sind einfach blöde Scheißer!« sagte der Major.

»Hört zu«, sagte Pistoletti ...

»Das sind Schufte!« sagte der Bison.

»Ihr könntet ja später alles nochmal in Gang setzen ...« schlug Pistoletti verschüchtert vor.

»Oh nein!« sagte der Bison. »Wir haben verstanden! Wir gehen!«

»Ich bedaure«, sagte Pistoletti.

»Wir nehmen Ihnen das nicht im geringsten übel«, sagte der Major. »Es ist ja nicht Ihre Schuld, wenn es Ciabricot an der Leber hat.«

Sie nutzten eine Biegung im Korridor, um Pistoletti in ein Sandwich zu verwandeln und ließen den Kadaver in einer Ecke zurück.

»Was machen wir jetzt?« fragte der Bison beim Hinausgehen.

»Mir ist es scheißegal«, sagte der Major. »Ich fahre ohne Erlaubnis los.«

»Das kannst du nicht machen, oder ich gehe und kaufe Fahrkarten am Bahnhof«, sagte der Bison. »Ich jedenfalls mag die Bullen nicht.«

»Warte bis heute abend!« sagte der Major. »Ich habe da was in Aussicht. Ich mag sie auch nicht. Sie haben eine überphysische Wirkung auf mich.«

»Gut«, sagte der Bison. »Ruf mich an.«

5

»Es ist bewilligt!« sagte die Stimme des Majors im Hörer.

»Ach! Du hast sie?« sagte der Bison.

Er glaubte kaum daran.

»Nein, aber ich werde sie kriegen. Ich bin nachher noch mit einem Mädchen zurückgegangen, einer Freundin von Verge, dem Kumpel, den du bei mir getroffen hast. Sie kannte Leute in der Präfektur. Sie ist bei Ciabricot reingegangen, und es lief alles wie von selbst. Sie haben sie mir versprochen ...«

»Wann kriegst du sie?«

»Mittwoch um fünf!«

»Gut!« schloß der Bison. »Wir werden ja sehen ...«

6

Am Mittwoch um fünf Uhr ward dem Major geantwortet, daß der nächste Tag, gegen elf Uhr, günstig scheine. Am Donnerstag um elf schlug man ihm vor, am Nachmittag vorbeizuschauen. Am Nachmittag sagte man ihm, daß man fünfzehn Erlaubnisscheine pro Tag ausstelle, und daß er der sechzehnte sei, und da er ihnen kein Geld geben wollte, bekam er die Erlaubnis nicht.

Die kleinen Freunde der Beamten kamen die ganze Zeit rein, und die Beamten kamen kaum nach, ihnen aus Gefälligkeit Erlaubnisscheine zu geben; sie baten den Major, ihnen beim Ausfüllen der Papiere zu helfen. Er verweigerte das und entfernte sich, wobei er auf dem Schreibtisch eine tickende Granate vergaß, deren Getöse ihm Balsam ins Herz goß, in dem Augenblick, als er aus der Präfektur ging.

Und der Bison, seine Frau und Bisönchen kauften Fahrkarten nach Saint-Jean-de-Luz. Sie mußten bis zum folgenden Montag warten, bis sie abfahren konnten, da alle Züge voll waren. Am Samstagabend startete der Major in seinem Renault, nachdem er seine luxuriöse Einzimmerwohnung in der rue Coeur-de-Lion verlassen hatte. Es war ausgemacht, daß er als erster in Saint-Jean-de-Luz wäre und die Wohnung für die Ankunft seiner Freunde vorbereiten würde. Neben ihm saß Jean Verge, dem der Major dreitausend Francs schuldete, und hinter ihm saß

Joséphine, eine Freundin des Majors, und der Major hatte gerade eben die Hälfte des Geldes, das sie in ihrer Handtasche hatte, für ein nobles Besäufnis ausgegeben.

Das Auto enthielt auch das Gepäck: Zehn Kilo Zucker, die Verge seiner Mutti in Biarritz mitbrachte, einen Limonadenbaum mit blauen Blättern, den der Major im Baskenland akklimatisieren wollte, zwei Käfige voller Kröten und einen Zerstäuber mit Lavendel, denn das Tetrachlorid im Benzin riecht nicht so gut.

7

Um die Begegnung mit jenen Zweibeinern zu vermeiden, die in Paaren und in dunkelblauer Kleidung auftreten und die man Gendarmen nennt, nahm der Major beim Verlassen der Hauptstadt eine Seitenstraße, die den pompösen Titel N-306 trug. Nichtsdestotrotz hatte er den Arsch auf Grundeis, unter Null Grad Fahrenheit.

Um sich zurechtzufinden, folgte er den Anweisungen Verges. Dieser letztere las in der auf seinen Knien ausgebreiteten Michelin-Karte. Es war das erste Mal in seinem Leben, daß er sich einer Tätigkeit dieser Art widmete.

Daraus ergab sich, daß der Major um fünf Uhr morgens am Horizont den Turm von Montlhéry erblickte, nachdem er acht Stunden lang mit fünfzig Kilometern im Durchschnitt gefahren war, und augenblicklich eine Kehrtwendung machte, denn in dieser Richtung ging es direkt nach Paris, Porte d'Orléans.

Um neun Uhr trafen sie in Orléans ein.

Ihnen blieb noch ein Liter Benzin, und der Major war glücklich. Keine Bullenkappe hatte sich blicken lassen.

Verge hatte noch zweitausendfünfhundert Francs, die in zwanzig Liter Benzin und fünf Kilo Kartoffeln umgewandelt wurden, denn man mußte Kartoffelstückchen mit dem Benzin mischen, im Verhältnis 4:1, in Anbetracht des Alters der Karre.

Die Reifen schienen durchzuhalten. Nach dem kurzen Aufenthalt zum Auftanken zog der Major an dem Bautenzug, der das Klappenventil der Gangschaltung betätigte, pfiff zweimal, ließ Dampf ab, und der Renault fuhr los.

Sie verließen die N-152, überquerten die Loire auf einer Hinterachse und schlugen die weniger befahrene N-751 ein.

Die Verwüstungen, die die Besatzungszeit hinterlassen hatte, hatten das Aufblühen von fleischigen und feuchten Pflanzen inmitten von Radspuren und Pfützen begünstigt: die Johanniskräuter wirbelten ihre Blütenblätter in alle Richtungen, während das Feldglühwürmchen dem perlmuttenen Leuchten der Knauser eine fliederfarbene Note hinzufügte.

Ein Bauernhof hie und da unterbrach die Monotonie der Straße, indem er jedesmal das angenehme Gefühl einer Entlastung der Vorhaut hervorbrachte, genauso, wie wenn man schnell über einen Huckel fährt. Je weiter sie sich in Richtung Blois entfernten, desto mehr Hühner sahen sie auftauchen.

Sie weideten entlang der Gräben, wobei sie einem scharfsinnigen Plan folgten, den die Straßenarbeiter ausgearbeitet hatten. In jedes der kleinen Löcher, das ihre Schnäbel aufpickten, steckte man am nächsten Tage Sonnenblumenkerne.

Der Major bekam Lust auf Hühnchen und begann, das Steuer zu kitzeln. Gleichzeitig drehte er am Auspuffschalter und verlangsamte auf diese Weise den Wagen auf die Geschwindigkeit eines Menschen, der im Schrittempo durch ein Bienenhaus geht.

Ein fettes und fleischiges Houdan-Huhn präsentierte sich von hinten, mit erhobenem Sterz. Finster gab der Major Gas, aber das Huhn drehte sich unerwartet um und fixierte ihn mit verächtlichem Blick. Der Major, ganz distanziert, aber doch beeindruckt, obwohl er gar nicht danach aussah, ließ das Steuer um neunzig Grad herumsausen, und sie mußten an den Landbriefträger appellieren, den sie unterwegs getroffen hatten, um das Auto aus der hundertjährigen Eiche zu befreien, die der sachgemäße Reflex des Majors in ein Wrack verwandelt hatte.

Als der Schaden repariert war, wollte der Renault nicht weiterfahren, und Verge mußte aussteigen und fünf Kilometer lang »Buuh!« hinter ihm machen, ehe es ihm gelang, ihn zu einer Entscheidung zu bewegen, und er schnaubte, während er anhielt, um ihn wieder zusteigen zu lassen.

Keineswegs entmutigt fuhr der Major an Cléry vorbei, erreichte Blois und stieß gen Süden vor, auf der N-764, in Richtung Pont-Levoy. Immer noch keine Polizisten; er faßte neues Vertrauen.

Er pfiff einen Kriegsmarsch und skandierte das Ende jedes Taktes mit einem energischen Tritt seines Absatzes. Er konnte den Marsch indes nicht zu Ende bringen, da sein Fuß durch den Boden brach, und wenn er weitergemacht hätte, wäre er das Risiko eingegangen, die Gangschaltung wegzukippen, zwei Gänge hatten sich schon beim Fall des Baumes auf dem Boden ausgebreitet.

In Montrichard kauften sie ein Brot, rasten gen Le Liège, und das Auto hielt abrupt auf der Kreuzung der N-764 und der D-10 an.

Joséphine wachte auf.

»Was ist los?« fragte sie.

»Nichts« sagte der Major. »Wir haben ein Brot gekauft, also halten wir jetzt an, um es zu essen.«

Er war verärgert. An eine Kreuzung kann man von vier Seiten gelangen, und man kann auch von vier Seiten gesehen werden.

Sie stiegen aus und setzten sich an den Straßenrand. Ein weißes Huhn, das im Graben versteckt war, faßte Mut und erhob seinen Kopf, der von einem kleinen, dauergewellten Kamm bedeckt war, über die Straße. Der Major wurde völlig unbeweglich und schnaufte.

Er ergriff das Brot, ein großformatiges Vierpfünder, erhob es, während er sich abwandte, tat, als wollte er es gegen das Licht betrachten und ließ es plötzlich auf das Huhn niedersausen.

Unglücklicherweise für ihn lag der Bauernhof von Da Rui, dem bekannten Torwart, nicht weit entfernt, und das Huhn kam von diesem Hof: es hatte den Unterricht gut genutzt. Mit einer geschickten Kopfbewegung fing es das Brot ab, schleuderte es fünf Meter weit weg und, wie ein Wilder wetzend, ergriff es das Brot, bevor es den Boden berührt hatte.

Das Huhn verschwand in der Ferne in einer Staubwolke, das Brot unterm Flügel.

Verge war aufgesprungen und verfolgte es.

»Jean!« schrie der Major. »Laß es! Das macht nichts. Du wirst uns noch einen Polizisten herbeiholen.«

»Die Sau!« schnaufte Jean und rannte weiter.

»Laß es!« brüllte der Major, und Jean kam zurück, heftig schimpfend. »Das macht überhaupt nichts«, erklärte der Major, »ich hatte beim Bäcker ein Brötchen gegessen.«

»Davon kann ich mir aber was kaufen!« sagte Verge wütend.

»Und außerdem, jetzt, wo es unter seinem Flügel war, stinkt es bestimmt nach Geflügel«, sagte der Major angeekelt.

»Du bist aber wirklich liebenswürdig«, schloß Jean. »Versuchen wir weiterzufahren, um ein neues Brot zu kaufen. Und in Zukunft bitte ich dich, jag' die Hühner mit irgendwas, das man nicht essen kann.«

»Das will ich gern für dich tun«, sagte der Major. »Ich werde einen Engländer bereithalten. Schauen wir nach, was die Karre hat.«

»Du hattest nicht absichtlich angehalten?« fragte Joséphine erstaunt.

»Äh ... nein«, sagte der Major.

8

Der Major ergriff seinen Pannendetektor, ein umgewandeltes Stethoskop, und schlüpfte unter das Auto. Zwei Stunden später erwachte er, gut ausgeruht.

Verge und Joséphine taten sich in einem nahen Feld an unreifen Äpfeln gütlich.

Der Major nahm ein Gummirohr und sprühte dreiviertel des verbleibenden Benzins in den Graben, um den vorderen Teil des Autos leichter zu machen. Dann schob er den Wagenheber unter den linken Holm, fixierte seinen Renault bei 40 Zentimetern überm Erdboden und öffnete die Haube.

Er setzte die Kapsel des Stethoskops auf den Motor und konstatierte, daß die Panne nicht von dort herrührte. Der Lüftung fehlte nichts, die Heizung heizte, funktionierte also. Blieben der Ölfilter und der Zündmagnet.

Er vertauschte den Zündmagneten und den Ölfilter und machte einen Versuch.

Es ging nicht.

Er setzte sie jeweils an ihren Platz zurück und machte einen neuen Versuch. Es ging.

»Gut«, schloß der Major. »Es ist der Zündmagnet. Das hatte ich erwartet. Wir müssen eine Werkstatt finden.«

Er rief mit lautem Schreien Verge und Joséphine herbei, damit sie das Auto anschoben. Er vergaß, den Wagenheber fortzunehmen, und als sie den ersten Versuch machten, schwankte das Vehikel, der rechte Vorderreifen fiel genau auf Verges Fuß und zerplatzte.

»Dummkopf!« sagte der Major und schnitt die Proteste Verges kurz ab. »Du hast ihn kaputtgemacht! Jetzt reparier' ihn auch.«

»Wirklich!« bemerkte er kurz darauf, »es ist idiotisch, dieses Auto zu schieben. Joséphine wird einen Automechaniker holen.«

Sie machte sich auf den Weg, und der Major macht es sich für ein Mittagsschläfchen im Schatten bequem. Er aß ein zweites Brötchen, das er beim Bäcker gemopst hatte.

»Bring ein Brot mit, wenn ihr Hunger habt!« schrie er Joséphine hinterher, als sie um die Wegbiegung verschwand.

9

Nachdem der Major sein Brötchen aufgegessen hatte, war er ein bißchen weiter weggegangen, um Joséphines Rückkehr abzuwarten. Plötzlich erblickte er am Horizont zwei blaue Mützen, die auf ihn zusteuerten.

Er fing an zu rennen, vielmehr zu fliegen, von der Seite hätte man ihn für einen Fünfbeiner gehalten, und gelangte zum Auto. Verge, an einen Baum gelehnt, sah ins Blaue und summte.

»An die Arbeit!« befahl der Major. »Fälle diesen Baum. Da hast du einen Engländer.«

Verge verschloß sein Blaues vorsichtig wieder und gehorchte mechanisch.

Nachdem er den Baum umgelegt hatte, fing er an, ihn in Holzscheite zu zerhacken, gemäß den Anweisungen des Majors.

Sie versteckten das Laub in einem Loch und verkleideten das Auto als Holzkohlenmeiler, den sie vervollständigten, indem sie ihn mit der Erde aus dem Loch bedeckten. Verge plazierte auf der Spitze ein kleines, glühendes Kohlenstückchen aus dem Serail, dem duftender Rauch entströmte.

Der Major schwärzte sein Gesicht und das Verges mit Zeichenkohle und zerfetzte seine Kleider.

Es wurde Zeit, die Gendarmen trafen ein. Der Major erschauerte.

»Na?« sagte der Dickere.

»An der Arbeit?« vervollständigte der Zweite.

»Klar!« sagte der Major, wobei er den Köhlerton annahm.

»Riecht gut, Ihr Holz!« sagte der Dickere.

»Was ist das denn?« fragte der andere. »Riecht nuttig«, vervollständigte er mit einem vertraulichen Lachen.

»Das ist Kampfer und Sandelholz«, erklärte Verge.

»Gegen Tripper?« sagte der Dickere.

»Ha! Ha!« machte der Zweite.

»Ha! Ha!« machten Verge und der Major, etwas beruhigt.

»Müssen dem Brücken- und Straßenbauamt melden, daß sie die Straße umleiten«, schloß der erste Gendarm, »denn hier müssen die Autos sie doch stören.«

»Ja, müssen wir machen«, sagte der Zweite. »Die Autos müssen Sie doch stören.«

»Dankeschön im voraus!« sagte der Major.

»Auf Wiedersehen!« schrieen die Gendarmen im Weggehen.

Verge und der Major warfen ihnen ein volltönendes Lebewohl hinterher und machten sich, sobald sie allein waren, an die Aufgabe, den Pseudomeiler wieder abzureißen.

Sie erlebten die unangenehme Überraschung, daß sich das Auto nicht mehr darin befand.

»Wie kann denn das möglich sein?« sagte Verge.

»Was weiß ich!« sagte der Major. »In gewissem Sinne ist mir das zu hoch.«

»Bist du sicher, daß es ein Renault ist?« sagte Verge.

»Ja«, sagte der Major, »daran habe ich auch schon gedacht. Wenn es ein Ford wäre, könnte man es ja noch verstehen. Aber es ist wirklich ein Renault.«

»Aber es ist doch ein Renault von 1927?«

»Ja!« sagte der Major.

»Alles klar«, sagte Verge. »Guck mal.«

Sie drehten sich um und sahen den Renault, der am Fuße eines Apfelbaumes äste.

»Wie ist der da hingekommen?« sagte der Major.

»Er hat ein Loch gegraben. Der von meinem Vater hat das gleiche gemacht, immer wenn man ihn mit Erde bedeckte.«

»Hat ihn dein Vater oft mit Erde bedeckt?« fragte der Major.

»Och! Von Zeit zu Zeit ... Nicht wirklich oft.«

»Aha!« machte der Major mißtrauisch.

»Es war ein Ford«, erklärte Verge.

Sie ließen das Auto in Ruhe und schaufelten weiter die Straße frei. Sie waren fast fertig damit, als Verge den Major sah, wie er sich flach ins Gras legte, mit starrem Blick und ihm bedeutete, ruhig zu sein.

»Ein Huhn!« wisperte er.

Er streckte sich plötzlich lang und plumpste in voller Größe in den Graben voller Wasser, auf das Huhn. Dieses tauchte, machte einige Schwimmzüge, tauchte etwas weiter wieder auf und entfloh mit endlosem Gackern. Da Rui brachte ihnen auch Unterwasserschwimmen bei.

In eben diesem Augenblick kam der Mechaniker an.

Der Major schüttelte sich, streckte ihm eine nasse Hand hin und sagte:

»Ich bin der Major ... Sie sind doch wenigstens kein Polizist, oder?«

»Sehr erfreut«, sagte der andere. »Ist es der Zündmagnet?«

»Woher wissen Sie das?« sagte der Major.

»Das ist das einzige Ersatzteil, das ich nicht habe«, sagte der Mechaniker. »Deshalb.«

»Nein«, sagte der Major. »Es ist der Ölfilter.«

»Ja, dann ... dann werde ich Ihnen einen neuen Zündmagneten einsetzen können«, sagte der Mechaniker. »Ich habe auf gut Glück drei Stück mitgebracht. Ha! Ha! Reingelegt, was?«

»Ich nehme sie«, sagte der Major. »Geben Sie sie her.«

»Zwei davon gehen aber nicht ...«

»Das macht nichts«, schnitt der Major ab.

»Und der dritte ist kaputt ...«

»Umso besser!«, sagte der Major. »Unter diesen Umständen werde ich sie Ihnen bezahlen ...«

»Das macht fünfzehnhundert«, sagte der Mechaniker. »Für den Einbau braucht's ...«

»Ich weiß!« sagte der Major. »Willst du ihm das Geld geben, Joséphine?«

Sie fügte sich. Ihr blieben noch tausend Francs.

»Danke!« sagte der Major.

Und er drehte dem Mann den Rücken zu, um das Auto holen zu gehen.

Er brachte es her und öffnete die Haube.

Der Zündmagnet war voller Gras. Er leerte ihn mit der Spitze seines Messers.

»Fahren Sie mich zurück?« sagte der Mechaniker.

»Gern!« sagte der Major. »Das macht tausend Francs, zahlbar im voraus.«

»Gar nicht teuer!« sagte der Mechaniker. »Hier!«

Kühl sackte der Major sie ein.

»Steigen Sie ein!« sagte er.

Sie setzten sich alle hinein, und der Motor fuhr von ganz allein beim ersten Mal los. Er mußte zurückgeholt werden, und dieses Mal vergaß der Major nicht, die Haube wieder zu schließen.

Als sie vor der Werkstatt ankamen, blieb der Wagen abrupt stehen.

»Sicher der Zündmagnet«, sagte der Mechaniker. »Bauen wir doch einen von meinen ein.«

Er führte die Reparatur aus.

»Ich schulde Ihnen ...?« sagte der Major.

»Aber ich bitte Sie! ... Das ist doch nicht der Rede wert! ...«

Er stand vor dem Auto.

Der Major trat die Kupplung und überfuhr ihn, und sie setzten ihre Reise fort.

10

Stets über Seitenstraßen erreichten sie die Breiten von Poitiers, Angoulême, Châtellerault und irrten in der Gegend von Bordeaux umher. Die Angst vor den Polizisten zog die grazilen Züge des Majors nach unten, und seine Laune bröckelte ab.

In Montmoreau machten sie Bekanntschaft mit den Schrekken der Polizeisperre. Dank seinem Teleskop konnte der Major ihnen noch gerade so ausweichen und bog in die N-709 ab. Sie kamen ohne ein Gramm Benzin in Ribérac an.

»Du hast noch tausend Francs übrig?« sagte der Major zu Joséphine.

»Ja!« sagte sie.

»Gib her!«

Der Major kaufte zehn Liter Benzin und leistete sich von den tausend Francs, die er beim Mechaniker herausgeschlagen hatte, eine schauerliche Freßorgie.

Von Ribérac bis Chalais war es ein kurzes Stück. Über Martron und Montlieu kamen sie wieder auf die N-10 und erreichten von dort aus Cavignac, wo Jean Verge einen Vetter hatte.

11

In einem Heuschober suhlten sich wartend der Major, Verge und Joséphine.

Der Vetter von Verge sollte ihnen nämlich ein kleines Faß für seinen Bruder in Biarritz anvertrauen, und man war gerade dabei, den Wein zu keltern.

Der Major kaute auf einem Strohhalm herum und meditierte über das bevorstehende Ende der Reise. Verge knutschte Joséphine ab. Und Joséphine ließ sich abknutschen.

Der Major versuchte, seine Sammlung von Magnetzündern zusammenzurechnen, weil er nämlich einige davon in Aubeterre, Martron und Montlieu gegen die mehreren Kilo Zucker von Verge eingetauscht hatte, und verlor sich in den Dezimalbrüchen.

Er machte sich plötzlich ganz flach im Heuboden, als er ein Visier aus gegerbtem Leder auftauchen sah, aber es war nur der Briefträger. Er kam mit zwei Mäusen in den Taschen und den ganzen Kopf voller Strohhalme wieder heraus.

Tatsächlich hatte zwar das Auto von den Gendarmen nichts zu befürchten, da es in den Rennstall des Vetters eingeschlossen war, aber diese Reise veranlaßte einen zu unvermeidlichen Reflexen.

Der Major schätzte das vegetative Leben, das sie bei dem Vetter führten. Am Morgen aßen sie Sellerie, abends Kompott und zwischendurch verschiedene Nahrungsmittel, und dann wurde geschlafen. Verge knutschte Joséphine ab, und Joséphine ließ sich abknutschen.

Es folgten drei Tage dieser Diät, und dann kam man mit der Meldung, daß der Wein fertiggepanscht sei. Verge begann, sich etwas müde zu fühlen. Die Laune des Majors dagegen erreichte ihren Gipfel, und er erinnerte sich kaum noch an die Existenz einer gewissen Familie Bison, die in Saint-Jean-de-Luz wohl unter den Sternen kampierte, in Erwartung des Majors und der Wohnungsschlüssel.

Der Major machte im hinteren Kofferraum des Wagens Platz und brachte dort bequem das Weinfäßchen unter.

Alle verabschiedeten sich von Verges Vetter, und dann sauste der Renault tapfer auf Saint-André-de-Cubzac zu, schwenkte nach links in Richtung Libourne und begab sich in ein Labyrinth aus kleinen Straßen, wobei er Branne, Targan und Langoiran hinter sich ließ, um schließlich in Hostens anzukommen.

Genau eine Woche war jetzt seit der Abfahrt aus der rue Coeur-de-Lion verflossen. Die Familie Bison, die seit fünf Tagen in Saint-Jean-de-Luz in einem nur durch ein Wunder gefundenen Zimmer untergebracht war, stellte sich voller Jubel den Major hinter den dicken Stäben eines Provinzkerkers vor.

Aus demselben Anlaß, während er sich seinerseits dieses letztere Ereignis vorstellte, drückte der Major auf die Tube, der Renault bockte und der Zündmagnet explodierte.

Hundert Meter weiter tauchte eine Werkstatt auf.

»Ich habe einen ganz neuen Zündmagnet«, sagte der Mechaniker. »Ich werde Ihnen das schon zusammenbauen.! Das macht dreitausend Francs«, kündigte er an.

Er hatte zum Auswechseln drei Minuten gebraucht.

»Sie hätten nicht lieber etwas Wein?« sagte der Major.

»Vielen Dank, ich trinke nur Cognac«, antwortete der Mechaniker.

»Hören Sie«, sagte der Major, »ich bin ein ehrlicher Mensch. Ich werde Ihnen meinen Personalausweis und meine gerade gültige Lebensmittelkarte dalassen und Ihnen das Geld von Saint-Jean-de-Luz aus zuschicken. Ich habe keins mehr bei mir. Ein paar Bauernlümmel haben es mir geraubt!«

Der Mechaniker, betört von der liebenswürdigen Art des Majors, erklärte sich zu dem Arrangement bereit.

»Sie hätten nicht zufällig etwas Benzin für mein Feuerzeug?« fragte der Major.

»Bedienen Sie sich bitte an der Zapfsäule«, sagte der Mechaniker.

Und er ging hinein, um die Papiere des Majors wegzuräumen.

Letzterer nahm sich nur die fünfundzwanzig Liter, die er benötigte, und brachte alles wieder in Ordnung.

Und er hob die Augen ... Da hinten, ganz hinten, zwei Polizisten auf Fahrrädern.

Das Wetter gab sich dräuend.

»Steigt schnell ein!« befahl er.

Der Chadburn klickte, der Major startete langsam und schoß querfeldein geradezu auf Dax los.

Die Gendarmen waren im Rückspiegel nur mehr als ein Pünktchen, aber trotz der Anstrengungen des Majors verschwand dieses Pünktchen nicht. Ein Hügel kam daher. Das Auto nahm ihn wie der Wirbelwind. Es schüttete wie aus Eimern. Die Blitze verklebten den Himmel mit schmierigen Lichtern.

Der Hügel wurde betonter, verwandelte sich in einen Berg.

»Wir werden Ballast abwerfen müssen!« sagte Verge.

»Niemals!« antwortete der Major. »Wir werden ihn bezwingen.«

Aber die Kupplung schleifte, und ein guter Geruch von verbranntem Öl kam vom Boden.

Unglücklicherweise erblickte der Major jetzt ein Huhn.

Er bremste auf der Stelle. Das Auto machte einen Satz wie ein Helmbusch und plumpste genau auf den Kopf des unglückseligen Federviehs, das augenblicklich getötet wurde. Das Auto hielt an. Der Major triumphierte. Aber er mußte als Bezahlung dem Bauern, der daneben wartete, in einem Loch ad hoc lauernd, wie Jules Romains sagen würde, die letzten drei Kilo Zucker von Verge geben.

Er nahm das Huhn nicht mit, es war unbrauchbar (vom Regen lief es ein), und er stieß einige Wutschreie aus.

Aber vor allem konnte er nicht weiterfahren.

Die Kupplung heulte vor Schmerz auf, und der Motor schien entschlossen, seine Schaltkästen zu sprengen. Die Vibration der Flügel war so stark, daß der Renault summend den Erdboden verließ und in die Luft stieg, um an einem blühenden Trompetenbaum zu schnuppern. Aber er bewegte sich nicht vorwärts.

Das Pünktchen im Rückspiegel wurde allmählich größer.

Der Major schnallte sich mit einem Gurt ans Steuer.

»Der Ballast!« brüllte er. Verge kippte zwei Zündmagneten nach draußen.

Das Auto erzitterte, rühte sich aber nicht.

»Mehr!« wütete der Major mit leidender Stimme.

Da beförderte Verge Schlag auf Schlag sieben Zündmagneten ins Freie. Das Auto machte einen furchtbaren Sprung nach vorn und erklomm in einem Getöse von Regen, Hagel, Motor den Hügel in einem Zug.

Die Gendarmen waren verschwunden. Der Major wischte sich die Stirn ab und stabilisierte seinen Vorsprung. Hintereinander folgten Dax, Saint-Vincent-de-Tyrosse.

In Bayonne konnte man von weitem eine Polizeisperre erkennen. Der Major klemmte die Hupe fest und machten im Vorbeifahren das Zeichen des Roten Kreuzes. Die Gendarmen bemerkten noch nicht mal, daß er es verkehrtherum machte, weil er von einer russischen Amme aufgezogen worden war. Aber im Fond hatte Verge zur Tarnung gerade Joséphine entkleidet und ihr seine Kombination wie einen Verband um den Kopf gewikkelt. Es war neun Uhr abends. Die Gendarmen gaben das Zeichen für freie Fahrt.

Der Major durchquerte die Sperre und fiel in Ohnmacht, dann kam er wieder aus der Ohnmacht hoch, wobei er die Stoßstange an einem Kilometerstein zurückließ.

La Négresse ...

Guétary ...

Saint-Jean-de-Luz ...

Die Wohnung der Großmutter, rue Mazarin 5 ...

Es war Nacht.

Der Major ließ das Auto vor der Tür stehen und trat die letztere ein. Sie legten sich erschöpft schlafen, ohne die Nichtanwesenheit der Bisons zu bemerken. Diese waren, um die Wahrheit zu sagen, vor der Notwendigkeit zurückgeschreckt, die besagte Tür einzutreten, um zu einer Unterkunft zu gelangen, und bereiteten folglich für den Major einen warmen Empfang in der scheußlichen Küche mit übereinanderliegenden Liegewagenabteilen vor, die man ihnen für tausend Francs zu vermieten eingewilligt hatte.

Bei Tagesanbruch öffnete der Major die Augen.

Er streckte sich und zog seinen Morgenmantel an.

Im anderen Zimmer begannen Verge und Joséphine, sich voneinander zu lösen, wobei sie heißes Wasser vergossen.

Der Major war am Fenster und öffnete es.

Es standen sechs Polizisten vor der Tür. Sie betrachteten das Auto.

Da schluckte der Major eine massive Dosis Schießbaumwolle, und zum Glück explodierte das Ganze nicht, denn als er alles vollkommen verdaut hatte, fand er es völlig normal, daß er einige Polizisten vor dem Polizeikommissariat der rue Mazarin 6 stationiert sah.

Und sein Auto wurde dann acht Tage später in Biarritz konfisziert, in dem Augenblick, als er sich mit einem Polizeikommissar freundschaftlich zu verbinden begann, der notorischer Schmuggler war und dessen Gewissen mit dem Mord an einhundertundneun spanischen Zöllnern belastet war.

HUNDE, LUST UND TOD

Sie haben mich. Morgen komme ich auf den Stuhl. Ich werde es trotzdem aufschreiben, ich möchte es erklären. Die Geschworenen haben nichts begriffen. Und Slacks ist ja auch tot, und es fiel mir schwer zu reden, weil ich wußte, daß man mir nicht glauben würde. Wenn Slacks nur aus der Karre rausgekommen wäre. Wenn sie nur hätte kommen können, um es zu erzählen. Reden wir nicht mehr davon, es ist nichts mehr zu machen. In diesem Leben nicht mehr.

Gewohnheiten sind fatal, wenn man Taxifahrer ist. Den ganzen Tag fährt man und fährt und kennt am Ende alle Stadtteile. Es gibt welche, die man bevorzugt. Zum Beispiel kenne ich Typen, die sich eher in Stücke reißen lassen, bevor sie einen Kunden nach Brooklyn fahren. Ich fahre gerne, vielmehr ich fuhr gerne, weil ich jetzt nicht mehr fahren werde. Es war so eine Gewohnheit von mir. Fast jeden Abend schaute ich gegen ein Uhr im »Three Deuces« vorbei. Einmal hatte ich einen betrunkenen Kunden hingebracht, er wollte, daß ich mit ihm hineingehe. Als ich wieder rauskam, wußte ich, welche Sorte Mädchen man dort fand. Seitdem, es ist zu blöde, urteilen sie selbst ...

Jeden Abend kam ich dort zwischen fünf vor und fünf nach eins vorbei. Da kam sie gerade heraus. Im »Deuces« waren oft Sängerinnen, und diese da kannte ich. Sie nannten sie Slacks, weil sie meistens Hosen trug. In den Zeitungen hieß es, sie sei lesbisch. Sie kam fast immer mit denselben Typen heraus, ihrem Pianisten und ihrem Baß-Spieler, und sie fuhren im Auto des Pianisten davon. Sie hatten noch anderswo einen Auftritt und kamen zurück, um im »Deuces« den Abend zu beenden. Das erfuhr ich erst später.

Ich blieb nicht lange. Ich konnte mein Taxi weder ständig freihalten noch zu lange stehenbleiben, denn in dieser Gegend gab es mehr Kunden als anderswo.

An jenem Abend aber stritten sie sich, es schien ernst. Sie verpaßte dem Pianisten einen Kinnhaken. Dieses Mädchen schlug verdammt fest zu. Sie brachte ihn zu Boden, so sauber wie ein Bulle. Er war zwar voll, doch nüchtern wäre er auch umgefallen, glaube ich. Und so besoffen wie er war, blieb er am Boden liegen, und der andere versuchte ihn mit Ohrfeigen hochzukriegen, daß ihm die Luft wegblieb. Das Ende habe ich nicht mitbekommen, da sie in dem Moment erschien. Sie machte die Wagentür auf und setzte sich neben mich auf den Klappsitz. Dann zündete sie ein Feuerzeug an und hielt es mir unter die Nase.

»Wollen Sie, daß ich die Wagenbeleuchtung anmache?«

Sie verneinte, machte das Feuerzeug aus, und ich fuhr los. Nach der Adresse fragte ich sie erst später, nachdem wir in die York Avenue abgebogen waren, da es mir plötzlich einfiel, daß sie nichts gesagt hatte.

»Immer geradeaus.«

Mir konnte es gleich sein, der Zähler lief. Also schoß ich davon. Um diese Zeit ist in den Vergnügungsvierteln eine Menge los, doch sobald man aus der Innenstadt herauskommt, ist nichts los. Die Straßen sind leer. Man glaubt es nicht, doch es gibt nichts Schlimmeres als die Vorstadt nach ein Uhr morgens. Ein paar Autos, von Zeit zu Zeit ein Fußgänger.

Da sie sich neben mich gesetzt hatte, konnte ich nicht erwarten, daß sich dieses Mädchen normal verhalten würde. Ich betrachtete ihr Profil. Sie hatte schulterlanges, schwarzes Haar und eine so helle Haut, daß sie fast krank aussah. Sie hatte ihre Lippen dunkelrot, fast schwarz bemalt, und ihr Mund wirkte wie ein dunkles Loch ... Das Auto fuhr immer noch. Sie fing an zu reden.

»Lassen Sie mich fahren.«

Ich hielt den Wagen an. Ich war fest entschlossen, nicht zu protestieren ... Ich hatte mitangesehen, wie sie ihren Partner fertiggemacht hatte, und ich hatte keine Lust, mich mit einem Weib dieses Kalibers zu streiten. Ich wollte aussteigen, doch sie hielt mich am Arm zurück.

»Nur keine Umstände. Ich werde über Sie wegsteigen. Machen Sie Platz.«

Sie setzte sich zuerst auf meine Knie und rutschte dann links auf den Sitz. Sie war so hart wie eine Eisenstange, aber nicht so kalt.

Sie bemerkte, daß es mir etwas ausmachte und lachte, nicht bösartig. Sie wirkte beinahe zufrieden. Als sie losfuhr, glaubte ich, das Getriebe meiner alten Kiste würde gleich explodieren. Sie fuhr so an, daß wir gut zwanzig Zentimeter in die Sitze zurückgedrückt wurden.

Wir kamen in die Nähe von Bronx, nachdem wir Harlem River überquert hatten, und sie drückte aufs Gaspedal, als wollte sie das Auto um jeden Preis demolieren. Als ich beim Militär war, erlebte ich den Fahrstil der Franzosen, die wußten, wie man ein Auto ramponiert, aber sie massakrierten es längst nicht so wie dieses Weibsbild in Hosen. Franzosen sind nur gefährlich, diese hier ist eine Katastrophe. Ich sagte immer noch nichts.

So, das findet Ihr komisch! Weil Ihr glaubt, daß ich bei der Größe und den Muskeln mit so einem Weib fertig werden müßte. Ihr hättet es auch nicht gewagt, wenn Ihr den Mund und den Gesichtsausdruck dieses Mädchens hinter dem Steuer gesehen hättet. Bleich wie eine Leiche, und dieses finstere Loch ... Ich blickte sie von der Seite an und sagte nichts, ich paßte nur auf. Ich hätte nichts dagegen gehabt, wenn uns ein Bulle geschnappt hätte.

Man wird es nicht für möglich halten, wie wenig Leute in einer Stadt wie New York nach einer bestimmten Zeit unterwegs sind. Sie drehte weiter ihre Runden durch irgendwelche Straßen. Wir fuhren um ganze Blocks, ohne auch nur einen Schwanz zu sehen, dann und wann tauchten ein oder zwei Passanten auf. Ein Clochard, mal eine Frau, Leute, die von der Arbeit heimkamen; es gibt Geschäfte, die nicht vor ein oder zwei Uhr morgens schließen, manchmal sind sie durchgehend geöffnet. Jedesmal, wenn sie so eine Gestalt auf dem Gehsteig rechts sah, fummelte sie am Lenkrad herum, fuhr ganz nahe an den Gehsteig heran, so nahe wie möglich, nahm den Fuß vom Gas und raste wieder los, wenn sie auf seiner Höhe war. Ich sagte immer noch nichts, doch beim vierten Mal fragte ich sie:

»Warum machen Sie das?«

»Ich glaube, – es macht mir Spaß«, sagte sie.

Ich antwortete nicht. Sie sah mich an. Ich mochte es nicht, wenn sie mich beim Fahren ansah, und unwillkürlich hielt meine Hand das Lenkrad fest. Ohne die Miene zu verziehen, versetzte mir ihre rechte Faust einen Schlag auf die Hand. Wie ein Pferd schlug sie aus. Ich fluchte, sie lachte.

»Sie sind komisch, wenn Sie den Motor hören und in die Luft springen ...«

Sie hatte den Hund auf der Straße bestimmt gesehen, ich war schon vorbereitet, mich festzuhalten um die Bremswirkung aufzufangen, aber statt den Fuß vom Gas zu nehmen, beschleunigte sie, und ich hörte den dumpfen Schlag und spürte den Aufprall auf dem Kühler.

»Verdammt!« rief ich. »Sie gehen aber ran! Dieser Hund hat der Karre nicht gerade gut getan ...

»Schnauze! ...«

Sie war wie weggetreten. Ihre Augen waren glasig, und das Auto fuhr nicht mehr besonders gerade. Zwei Block weiter hielt sie am Straßenrand.

Ich wollte aussteigen und nachsehen, ob sie den Kühler nicht zerbeult hatte, doch sie krallte sich an meinem Arm fest. Sie schnaubte wie ein Roß.

Ihr Gesicht in diesem Augenblick ... Ich kann dieses Gesicht nicht vergessen. Eine Frau in diesem Zustand zu sehen, ist in Ordnung, ist gut; wenn man es selbst war ... Aber meilenweit davon entfernt, an so etwas zu denken und sie plötzlich so zu sehen ... Sie rührte sich nicht und preßte mein Handgelenk mit aller Kraft, sie sabberte ein wenig. Ihre Mundwinkel waren feucht.

Ich schaute aus dem Fenster. Ich wußte nicht, wo wir uns befanden. Es war niemand da. Ein Ruck am Reißverschluß, und ihre Hose war offen. Im Auto ist es meist nur eine halbe Sache. Aber trotz allem werde ich dieses eine Mal nie vergessen. Selbst, wenn die Jungs mir morgen früh den Schädel kahl rasieren ...

Nach einer Weile schob ich sie nach rechts und übernahm das Steuer, doch ich mußte fast sofort wieder anhalten. Sie hatte sich, fluchend wie ein Türke, so gut wie möglich zurechtgemacht, stieg aus und setzte sich nach hinten. Dann gab sie mir die Adresse eines Nachtclubs, wo sie singen mußte, und ich versuchte herauszufinden, wo wir waren. Ich war so schlapp wie nach einem Monat Krankenhaus. Doch ich schaffte es beim Aussteigen, auf den Beinen zu bleiben. Ich wollte den Kühler inspizieren. Nichts. Nur ein Blutfleck, der sich durch den Fahrtwind auf dem rechten Kotflügel verbreitert hatte. Es konnte irgendein Fleck sein.

Das beste war wohl umzukehren und denselben Weg zurückzufahren.

Ich sah sie im Rückspiegel, sie spähte durchs Fenster, und als ich den schwarzen Aashaufen auf dem Gehsteig sah, hörte ich sie. Wieder atmete sie heftig. Der Hund bewegte sich noch ein wenig, das Auto mußte ihm das Rückgrat gebrochen haben, und er hatte sich mit letzter Kraft an den Straßenrand geschleppt. Ich fühlte mich zum Erbrechen elend, sie lachte nur. Als sie sah, daß ich wirklich krank war, fing sie an, mich leise zu verfluchen; sie sagte mir schreckliche Dinge, und ich hätte sie packen und es da, auf der Straße, mit ihr wieder treiben können.

Ich weiß nicht, Jungs, wie Ihr gebaut seid, aber als ich sie in dem Lokal abgesetzt hatte, wo sie ihre Nummer abziehen mußte, konnte ich draußen nicht auf sie warten. Ernüchtert fuhr ich davon. Ich mußte nach Hause, mich hinlegen. Alleine leben ist nicht immer komisch, doch verdammt, es war ein Glück, daß ich an diesem Abend alleine war. Ich zog mich nicht aus, kippte irgendetwas in mich hinein und haute mich in die Falle. Ich war ausgepumpt. Verdammt, völlig ausgepumpt ...

Und dann, am nächsten Abend war ich schon wieder da, und ich wartete direkt davor. Ich schaltete auf ›Besetzt‹, stieg aus und ging ein paar Schritte auf und ab. In dieser Ecke wimmelte es nur so von Leuten. Eigentlich konnte ich nicht stehen bleiben. Trotzdem wartete ich. Sie kam heraus, immer zur selben Zeit, pünktlich wie die Uhr, dieses Mädchen. Sie erblickte mich sofort. Sie erkannte mich. Ihre zwei Männer folgten ihr, wie üblich. Ich weiß nicht, wie ich euch das beschreiben soll: ich, wie ich sie da sah ... ich war nicht mehr ganz bei mir. Sie öffnete den Wagenschlag, und alle drei stiegen ein. Ich war sprachlos. Darauf war ich nicht gefaßt. Idiot, sagte ich zu mir. Hast du denn nichts begriffen? So ein Mädchen, die ist nur launisch. Für einen Abend bist du gut genug, am nächsten bist du nur noch Taxifahrer. Irgend jemand.

Leicht gesagt! ... Irgend jemand! ... Ich fuhr wie bescheuert und beinahe hätte ich das große Auto vor uns gerammt; ich brüllte. Ich war wütend. Die drei hinter mir lachten sich schief.

Sie erzählte Geschichten mit ihrer Männerstimme, Himmel, diese Stimme, man hätte meinen können, sie kommt verkehrt rum aus ihrem Hals, sie hörte sich völlig besoffen an.

Sobald ich angelangt war, stieg sie als erste aus. Die beiden Männer bestanden nicht darauf zu zahlen ... Auch sie wußten, wie sie war ... Sie gingen schon vor, und sie lehnte sich ans Wagenfenster und streichelte mir die Wange, wie einem Baby; und ich nahm ihr Geld. Ich wollte keinen Ärger. Ich wollte etwas sagen. Ich suchte noch. Aber sie kam mir zuvor:

»Wartest du auf mich?« fragte sie.

»Wo?«

»Hier. In einer viertel Stunde bin ich da.«

»Alleine?«

Verdammt, ich war ganz schön frech! Am liebsten hätte ich das ›Alleine‹ verschluckt; nichts konnte ich mehr verschlucken; ihre Nägel krallten sich in meine Backe.

»Hat man sowas schon gehört?« höhnte sie.

Sie lachte immer noch. Ich begriff nichts. Sie hatte ihre Krallen wieder eingezogen. Ich fühlte meine Backe. Sie blutete.

»Nicht der Rede wert!« sagte sie. »Es wird nicht mehr bluten, wenn ich rauskomme. Du wartest auf mich. Ja? Hier.«

Sie verschwand im Lokal. Ich schaute in den Rückspiegel. Drei halbrunde Abdrücke nebeneinander auf meiner Backe und einen vierten, etwas größeren, gegenüber. Ihr Daumen. Es blutete nicht stark. Ich spürte nichts.

So wartete ich nun. An diesem Abend haben wir nichts erlegt. Ich habe auch nichts gehabt.

Sie machte das noch nicht lange, glaube ich. Sie redete nicht viel, und ich wußte nichts von ihr. Tagsüber lebte ich auf Sparflamme. Am Abend brauste ich mit der alten Kiste los, um sie zu holen. Sie setzte sich nicht mehr neben mich, es wäre zu dumm, sich deswegen erwischen zu lassen. Ich stieg aus, und sie übernahm das Steuer. Mindestens zwei bis dreimal in der Woche erwischten wir einen Hund oder eine Katze.

Nach zwei Monaten wollte sie etwas anderes, glaube ich. Es hatte nicht mehr dieselbe Wirkung wie das erste Mal, und ich glaube, sie begann nach einer gewichtigeren Beute Ausschau zu halten. Ich weiß nicht, wie ich es euch erklären soll. Ich, ich fand das natürlich ... Sie reagierte nicht mehr so wie früher, und ich wollte, daß sie wieder so wird wie früher. Ich weiß, für euch bin ich ein Monster, aber ihr habt dieses Mädchen nicht gekannt. Ob Hund oder Kind, für diese Frau hätte ich alles getötet. Und so töteten wir ein fünfzehnjähriges Mädchen. Es ging mit seinem Freund, einem Seemann, spazieren. Sie kamen vom Rummelplatz. Ich werde es euch erzählen.

Slacks war an diesem Abend furchtbar. Sobald sie eingestiegen war, wußte ich, was sie wollte. Ich wußte, daß wir notfalls die ganze Nacht unterwegs sein würden, um etwas Passendes zu finden.

Verdammt! Es ließ sich nicht gut an. Ich fuhr geradewegs zur Queensborough Bridge und von da aus auf den Schnellstraßenring. Nie hatte ich soviele Autos und so wenig Fußgänger gesehen. Das ist nun mal so auf den Schnellstraßen, werdet Ihr einwenden. Aber an diesem Abend war mir das nicht klar. Ich war nicht zurechnungsfähig, wir fuhren und fuhren, kilometerweit. Wir machten die Runde und befanden uns plötzlich in Coney Island. Slacks hatte seit einer Weile das Steuer übernommen. Ich saß hinten und hielt mich in den Kurven fest. Sie war übergeschnappt. Ich wartete, wie üblich ... Sie war wie weggetreten, sag ich euch. Ich wachte erst auf, als sie zu mir nach hinten kam. Verdammt! Ich will nicht daran denken.

Es war ganz einfach. Sie fuhr im Zickzack von der westlichen Vierundzwanzigsten zur Dreiundzwanzigsten, und da sah ich ihre Beute. Sie amüsierten sich. Er lief auf dem Gehsteig, sie neben ihm auf der Straße, sie wollte kleiner sein, als sie es ohnehin war. Er war ein stattlicher Junge. Von hinten wirkte sie mädchenhaft jung, mit ihren blonden Haaren und ihrem kurzen Kleidchen. Es war nicht sehr hell. Ich sah Slacks Hände am Steuer. Die Schlampe! Fahren konnte sie! Sie schoß auf die beiden los und erwischte das Mädchen an der Hüfte. Ich dachte, ich müßte sterben. Ich fing mich wieder. Es lag am Boden, ein regloser Haufen, und der Typ lief hinter uns her und brüllte. Und dann sah ich plötzlich ein grünes Auto auftauchen, ein altes Polizeiauto.

»Schneller!« rief ich.

Sie schaute mich einen Augenblick an, und wir wären beinahe auf den Gehsteig gefahren.

»Los doch! ... Fahr! ...«

Ich weiß, was ich in diesem Augenblick vermasselt habe. Ich weiß es genau. Ich sah nur noch ihren Rücken, aber ich weiß, wie es gewesen wäre. Deswegen ist mir das egal, versteht Ihr? Deswegen können mir die Jungs morgen auch den Schädel kahl rasieren. Und sie können mir Stirnfransen schneiden, wenn es ihnen Spaß macht, oder mich grün anmalen, wie das Polizeiauto, es ist mir egal, versteht ihr?

Slacks fuhr drauflos. Sie schaffte es irgendwie, und wir kamen auf die Surf Avenue. Die alte Kiste schepperte, es war zum Heulen. Hinter uns nahm das Polizeiauto die Jagd auf.

Dann kamen wir zu einer Schnellstraßenauffahrt. Keine roten Ampeln mehr. Verdammt, hätte ich nur einen anderen Wagen! Alles geriet durcheinander. Und der andere, der hinter uns herkroch. Ein Schneckenrennen. Zum Haare ausraufen!

Slacks holte das letzte aus der Kiste raus. Und ich starrte immer nur auf ihren Rücken und wußte wozu sie Lust hatte, es beschäftigte mich genauso wie sie. Ich schrie noch einmal: »Fahr! ...«, und sie fuhr weiter und dann drehte sie sich einen Moment um, und ein anderer Schlitten kam die Auffahrt herauf. Sie sah ihn nicht. Er kam von rechts. Er fuhr mindestens fünfundsiebzig. Ich sah den Baum und rollte mich zusammen, aber sie rührte sich nicht. Und als sie mich rausholten, schrie ich wie ein Tier, aber Slacks rührte sich immer noch nicht. Das Lenkrad hatte sich in ihre Brust gebohrt. Mühselig klaubten sie sie heraus, dabei zerrten sie an ihren weißen Händen, sie waren so weiß wie ihr Gesicht. Sie sabberte noch ein wenig. Ihre Augen waren offen. Ich konnte mich auch nicht rühren, da sich mein Bein in die falsche Richtung gedreht hatte, aber ich bat sie, sie neben mich zu legen. Ich blickte in ihre Augen und dann sah ich sie. Überall Blut. Das Blut lief in Bächen an ihr herunter, außer an ihrem Gesicht.

Sie knöpften den Pelzmantel auf und sahen, daß sie nichts darunter anhatte, außer ihren Slacks. Die weiße Haut ihrer Schenkel wirkte im Schein der Karbidstraßenlampe geschlechtslos und tot. Der Reißverschluß war schon offen, als wir in den Baum rasten.

SURPRISE-PARTY BEI LÉOBILLE

Auf der Innenseite hatten Folubert Sansonnets Wimpern, die direkt vom leicht wellenförmigen Sonnenstrahl getroffen wurden, der durch die Ritzen der Jalousien fiel, ein hübsches orangefarbenes Rot, und Folubert lächelte im Schlaf. Mit leichtem Schritt ging er über den weißen, weichen und warmen Kies des Hesperidengartens, und hübsche Seidentierchen leckten ihm die Fußzehen. In diesem Augenblick wachte er auf; er packte vorsichtig Frédéric, die dressierte Schnecke, auf seinem großen Zeh und brachte sie in ihre Ausgangsstellung für den folgenden Morgen zurück. Frédéric schnaubte ängstlich, sagte aber nichts.

Folubert setzte sich im Bett auf. Von morgens an nutzte er den ganzen Tag die Zeit zum Nachdenken und er ersparte sich so die vielfachen Unannehmlichkeiten, in die sich diese unordentlichen, gewissenhaften und besorgten Wesen verwickeln, denen ihre geringste Tätigkeit der Vorwand für unzählige Abschweifungen (verzeihen Sie mir die Länge dieses Satzes) zu sein scheint, und das oft grundlos, denn sie vergessen den Grund.

Er hatte zu denken an:

1. Wie er sich geschmacklos anziehen würde;
2. Wie er sich ernähren würde;
3. Wie er sich zerstreuen würde.

Das ist schon alles, denn es war Sonntag, und Geldauftreiben stellte ein bereits gelöstes Problem dar.

Folubert dachte also der Reihe nach über diese drei Fragen nach.

Sorgfältig erledigte er seine Toilette, putzte sich kräftig die Zähne und schneuzte sich in seine Finger; dann zog er sich an. Sonntags begann er mit der Krawatte und hörte mit den Schuhen auf, das war eine ausgezeichnete Übung. Er wählte ein paar modische Socken mit wechselnden Ringeln in seiner Schublade: ein Ringel blau, kein Ringel, ein Ringel blau, kein Ringel usw. Mit diesem Strumpfmodell konnte man sich nach Wunsch die

Füße mit einer Farbe bemalen, die zwischen den blauen Ringeln auftauchte. Er spürte die Folgen seiner Schüchternheit und wählte folglich einen Topf apfelgrüner Farbe.

Für den Rest nahm er seine Werktagskleidung, ein blaues Hemd und saubere Unterwäsche, denn er dachte an drittens.

Er frühstückte einen Hering aus der Dose, mit süßem Öl übergossen und mit einem Stück Brot, frisch wie das Auge, und wie das Auge mit langen rosa Wimpern gefranst.

Endlich gestattete er sich, an seinen Sonntag zu denken.

Heute war der Geburtstag seines Freundes Léobille, und zu Ehren von Léobille gab es eine schöne Surprise-Party.

Beim Gedanken an Surprise-Parties verlor sich Folubert in einer langen Träumerei. Er litt nämlich an einem Schüchternheitskomplex und er war insgeheim neidisch auf die Forschheit der Tagesgrößen: er hätte gern die Behendigkeit eines Grouznié gehabt, vermischt mit dem Feuer eines Doddy, die smarte und bezaubernde Eleganz von Rémonfol, die verlockende Strenge des Chefs Abadibaba oder die treffliche Piraterie von ganz gleich welchem Mitglied des Clubs des Lorientais.

Gleichwohl hatte Folubert hübsche Roßkastanienaugen, weich fließendes Haar und ein anmutiges Lächeln, mit Hilfe dessen er zweifellos alle Herzen gewann, ohne es zu merken. Aber er wagte nie seine vorteilhafte Erscheinung auszunutzen und blieb immer allein, während seine Kameraden elegant mit den hübschen Mädchen swingten, Jitterbug und gallisches Geschütz tanzten.

Oft machte ihn das melancholisch, aber nachts suchten ihn tröstende Träume heim. Er fand sich hier wieder voller Wagemut, und hübsche junge Mädchen umringten ihn flehend, damit er ihnen die Gunst eines Tanzes gewährte.

Folubert erinnerte sich an den Traum dieser Nacht. Eine sehr bezaubernde Person im lavendelblauen Mooskreppkleid, und blonde Haare bedeckten ihre Schultern. Sie hatte kleine blaue Schlangenlederschuhe und ein seltsames Armband, das er nicht mehr genau beschreiben konnte. Im Traum liebte sie ihn sehr, und am Ende waren sie zusammen weggegangen.

Zweifellos hatte er sie geküßt, und vielleicht hatte sie es sogar geschehen lassen, um ihm einige zusätzliche Gunstbezeigungen zu gewähren.

Folubert wurde rot. Er würde noch Zeit haben, an das zu denken, während er sich zu Léobille begab. Er kramte in seiner Tasche, er überzeugte sich, daß sie genügend Geld enthielt und ging weg, um eine Flasche Schlangengift-Apéritif zu kaufen, die billigste Sorte, denn er trank nie.

Im selben Augenblick, als Folubert aufwachte, setzte der Major, von der rauhen Stimme seines geplagten Gewissens aus dem Schlaf gerissen, mit dem Geschmack eines gewöhnlichen, schlechten Fusels im Mund, einen Fuß auf das klebrige Parkett seines Zimmers.

Sein Glasauge leuchtete unheilvoll im Halbschatten und erhellte das Halstuch, das er gerade malte, mit gemeinem Licht; die Zeichnung, die ursprünglich ein im Schoße der Gebrüder Prévert weidendes Hindernis darstellte, nahm das Aussehen eines venezianischen Totenkopfs an, und der Major wußte, daß er am heutigen Tag eine schlechte Tat zu begehen hatte.

Er erinnerte sich an die Surprise-Party bei Léobille und kicherte wild in Dis mit einem falschen Ton, was weit mehr als genug seine erbärmlichen Talente zeigte. Als eine Flasche mit billigem Rotwein in sein Blickfeld kam, trank er in einem Zug den lauwarmen Rest klebriger Flüssigkeit aus und fühlte sich besser. Dann stellte er sich vor den Spiegel und bemühte sich, Sergej Andrejew Papanin in »Iwan der Schreckliche« ähnlich zu sehen. Es glückte ihm nicht, denn ihm fehlte der Bart. Dennoch war das Ergebnis ganz gut.

Der Major kicherte wieder und zog sich in sein Arbeitszimmer zurück, um die Sabotage der Surprise-Party bei Léobille vorzubereiten, an dem er sich rächen wollte. Tatsächlich setzte Léobille seit einigen Wochen sehr tendenziös gefärbte Gerüchte über den Major in die Welt; er ging sogar soweit, zu behaupten, letzterer würde anständig.

Und das war eine ordentliche Strafe wert.

Der Major verstand sich recht gut darauf, alle Feinde, die seinen Weg kreuzten, seiner Gnade zu unterwerfen; und das einerseits dank seiner sehr schlechten Erziehung und andererseits aufgrund seiner angeborenen heimtückischen Veranlagung und seiner weit über dem Durchschnitt liegenden Bosheit.

(Nicht zu vergessen der schreckliche kleine Schnurrbart, den er lasterhaft auf seiner Oberlippe pflegte, indem er die Insekten von Angriffen darauf abhielt und ihn tagsüber mit einem Netz bedeckte, damit auch Vögel von ihm fernblieben.)

Folubert blieb gerührt vor der Tür Léobilles stehen und steckte den Zeigefinger der rechten Hand in das kleine Loch der Klingel, die tief hinten hockte, denn sie schlief.

Die Handbewegung Foluberts schreckte sie aus dem Schlaf. Sie drehte sich einmal um die eigene Achse und biß Folubert, der in schrillem Ton zu kreischen begann, heftig in den Finger. Sofort öffnete Léobilles Schwester, die im Eingang lauerte, die Tür, und Folubert trat ein. Beim Hineingehen klebte ihm Léobilles Schwester ein kleines Stück Heftpflaster auf die Wunde und nahm ihm die Flasche ab.

Die Grammophon-Akkorde hallten fröhlich unter den Dekken der Wohnung wider und umzingelten die Möbel mit einer leichten, helleren Musikschicht, die sie schützte.

Léobille stand vor dem Kamin und er sprach mit zwei Mädchen. Als er die zweite erblickte, wurde Folubert unruhig, und als Léobille ihm die ausgestreckte Hand hinhielt, durfte er sich seine Aufregung nicht anmerken lassen.

»Guten Tag«, sagte Léobille.

»Guten Tag«, sagte Folubert.

»Ich stelle dir«, sagte Léobille, »Azyme vor (das war das erste Mädchen), das ist Folubert, das ist Jennifer.«

Folubert verbeugte sich vor Azyme und senkte die Augen, als er Jennifer die Hand gab. Letztere trug ein rotgraugrünes Mooskreppkleid, rote Schlangenlederschuhe und ein sehr auffallendes Armband, das er sofort wiedererkannte. Ihre fuchsroten Haare bedeckten ihre Schultern, und sie war in allen Punkten dem Mädchen seines Traums ähnlich; natürlich waren die Farben lebendiger, aber das ist normal, denn ein Traum ereignet sich schließlich nachts.

Léobille schien sehr mit Azyme beschäftigt, während Folubert, ohne länger zu zögern, Jennifer einlud. Er fuhr fort, die Augen zu senken, denn vor ihm lenkten zwei sehr interessante Objekte seine Blicke unter ein rechteckiges Dekolleté, das sie bequem aus- und einatmen ließ.

»Sie sind ein alter Freund von Léobille?« sagte Jennifer.

»Ich kenne ihn schon seit drei Jahren«, präzisierte Folubert. »Wir sind uns beim Judo begegnet.«

»Sie betreiben Judo? Haben Sie schon in einem Kampf Ihr Leben verteidigt?«

»Hm ...«, sagte Folubert verlegen. »Ich habe noch keine Gelegenheit gehabt ... Ich schlage mich nur selten.«

»Haben Sie Angst?« fragte Jennifer ironisch.

Folubert verwünschte diese Unterhaltung. Er versuchte sein Selbstvertrauen von dieser Nacht wiederzugewinnen.

»Ich habe Sie im Traum gesehen ...«, wagte er sich vor.

»Ich träume nie«, sagte Jennifer. »Das erscheint mir wenig wahrscheinlich. Sie müssen mich verwechselt haben.«

»Sie waren blond ...«, sagte Folubert am Rand der Verzweiflung. Sie hatte eine schmale Figur, und von neuem lachten ihre Augen fröhlich.

»Sie sehen«, sagte Jennifer, »das war nicht ich ... ich bin fuchsrot ...«

»Sie waren es ...«, murmelte Folubert.

»Ich glaube es nicht«, sagte Jennifer. »Ich liebe Träume nicht. Ich mag lieber die Wirklichkeit.«

Sie blickte ihm ins Gesicht, doch er senkte von neuem die Augen und dachte nicht weiter darüber nach. Er preßte sie nicht zu dicht an sich, weil er sonst nichts mehr gesehen hätte.

Jennifer zuckte die Achseln. Sie liebte Sport sowie kühne und starke Kerle.

»Ich liebe Sport«, sagte sie, »und ich liebe kühne und starke Kerle. Ich mag keine Träume und ich bin so lebendig, wie man nur sein kann.«

Sie machte sich los, denn die Platte hielt mit furchtbar quietschenden Bremsen an, weil Freund Léobille soeben den Bahnübergang ohne Vorwarnung geschlossen hatte. Folubert bedankte sich und hatte sie durch eine gewandte und bezaubernde Unterhaltung zurückhalten wollen, doch genau in jenem Augenblick, wo er im Begriff war, eine wahrhaft bezaubernde Formulierung zu finden, tauchte vor ihm ein baumlanger schrecklicher Kerl auf und umarmte Jennifer brutal.

Erschrocken ging er einen Schritt zurück, doch Jennifer lächelte, und er fiel geschlagen in einen tiefen Ziegenledersessel.

Er war sehr traurig und er sagte sich, daß es schließlich eine herrliche Surprise-Party wie alle anderen wäre, mit lauter hübschen Mädchen ... aber eben nicht für ihn.

Léobilles Schwester wollte gerade die Tür öffnen, blieb aber verdutzt stehen, als sie eine Detonation hörte. Sie preßte, dämpfend eine Hand auf ihr klopfendes Herz, und die Tür gab unter dem heftigen Fußtritt des Majors nach.

Dieser hielt eine rauchende Pistole in der Hand, mit der er soeben die Klingel getötet hatte. Seine senffarbenen Socken waren eine Beleidigung für die ganze Welt.

»Ich habe dieses dreckige Biest umgebracht«, sagte er. »Den Kadaver könnt ihr wegwerfen.«

»Aber«, sagte Léobilles Schwester.

Dann brach sie in Tränen aus, weil die Klingel schon so lange bei ihnen war, daß sie zur Familie gehörte. Sie lief weinend in ihr Zimmer, und der Major vollführte erfreut einen Bocksprung, dann steckte er die Pistole wieder in die Tasche.

Léobille kam. Voller Unschuld reichte er dem Major die Hand.

Der Major legte eine riesige Sauerei hinein, die er gerade vor der Haustür aufgehoben hatte.

»Zisch ab, Mensch«, sagte er mit zitternder Stimme zu Léobille.

»Sag mal ... Du wirst doch nichts kaputtmachen? ...«

»Ich werde alles kaputtmachen«, sagte der Major kalt und zeigte die Zähne.

Er näherte sich Léobille und durchbohrte ihm die Augenhöhlen mit einem unaushaltbaren Blick seines Glasauges.

»Mensch, du erzählst also, daß ich arbeite?« sagte er. »Du erzählst, ich würde anständig? Solche Sachen erlaubst du dir?«

Er atmete tief durch und brüllte.

»Mensch, deine Surprise-Party, das kannst du dir gesagt sein lassen, wird ein wenig heiß werden! ...«

Léobille erbleichte. Er hielt immer noch das Ding, das ihm der Major in die Hand gelegt hatte, und wagte nicht, sich zu rühren.

»Ich ... Ich wollte dich nicht ärgern ...«, sagte er.

»Halt die Klappe, Mensch«, sagte der Major. »Für jedes Wort zuviel gibt es einen Zuschlag.«

Dann setzte er seinen rechten Fuß hinter Léobilles Beine, gab ihm einen brutalen Stoß, und Léobille sackte zusammen.

Die Gäste hatten kaum etwas bemerkt. Sie tanzten, tranken

und plauderten und verschwanden paarweise in die leeren Zimmer, wie bei jeder gelungenen Surprise-Party.

Der Major ging auf das Buffet zu. Nicht weit von dort grämte sich Folubert immer noch verzweifelt im Sessel. Im Vorbeigehen hob ihn der Major am Kragen seiner Jacke hoch und stellte ihn auf die Beine.

»Komm einen trinken«, sagte er zu ihm, »ich trinke nie allein.«

»Aber ... Ich trinke nie ... ich«, antwortete Folubert.

Er kannte den Major ein wenig und wagte nicht zu widersprechen.

»Los«, sagte der Major, »keine Widerrede!«

Folubert erblickte Jennifer. Glücklicherweise wandte sie den Kopf nach der anderen Seite und diskutierte angeregt. Unglücklicherweise allerdings standen drei Burschen um sie herum, und weitere zwei lagen ihr zu Füßen, während ein sechster sie von oben, von einem Schrank aus betrachtete.

Léobille war unauffällig wieder aufgestanden und wollte sich unauffällig entfernen, um die Ordnungshüter einzuschalten, doch er überlegte, daß er, Léobille, wenn die besagten Hüter sich die Mühe gäben, in den Zimmern nachzusehen, riskierte, die Nacht auf der Wache zu verbringen.

Außerdem kannte er den Major, und er konnte sich leicht denken, daß letzterer ihn nicht weggehen lassen würde.

Tatsächlich überwachte der Major Léobille und warf ihm einen Blick zu, der ihn unbeweglich machte.

Dann zog er, wobei er Folubert immer noch am Kragen hielt, seine Pistole und köpfte, ohne zu zielen, den Hals einer Flasche. Alle Gäste wandten sich bestürzt um.

»Abhauen«, sagte der Major. »Die Männer abhauen; die Frauen können bleiben.«

Er reichte Folubert ein Glas.

»Trinken wir!«

Die Männer verließen die Mädchen und begannen wegzugehen. Dem Major widersetzte man sich nicht.

»Ich möchte nicht trinken«, sagte Folubert.

Er erblickte die Gestalt des Majors und trank schleunigst.

»Auf dein Wohl, Mann«, sagte der Major.

Die Augen Foluberts fielen plötzlich auf das Gesicht Jennifers. Sie stand da mit den anderen Mädchen in einer Ecke und sah ihn mit Verachtung an. Folubert fühlte seine Beine unter ihm weggleiten.

Der Major leerte sein Glas in einem Zug.

Fast alle Männer hatten jetzt den Raum verlassen. Der letzte (er hieß Jean Berdindin, und das war ein kühner Bursche) ergriff einen schweren Aschenbecher und zielte auf den Kopf des Majors. Der Major erwischte das Ding im Flug und mit zwei Sätzen stürzte er sich auf Berdindin.

»Du ... komm her«, sagte er.

Er zerrte ihn in die Mitte des Saales.

»Du wirst eins der Mädchen nehmen, welche du willst, du wirst sie ausziehen« (die Mädchen wurden rot vor Schreck.)

»Ich weigere mich«, sagte Berdindin.

»Mann, paß bloß auf!« sagte der Major.

»Alles, nur das nicht«, sagte Berdindin.

Der entsetzte Folubert goß sich mechanisch ein zweites Glas ein und trank es in einem Zug.

Der Major sagte nichts. Er näherte sich Berdindin und ergriff seinen Arm. Dann drehte er ihn schnell um, und Berdindin flog in die Luft. Der Major nutzte diese vorteilhafte Stellung aus und riß ihm die Hose runter, während er zu Boden fiel.

»Los, Mann«, sagte er, »an die Arbeit.«

Er sah die Mädchen an.

»Meldet sich eine freiwillig?« sagte er lächelnd.

»Es reicht«, sagte Berdindin, der unüberlegt herumtaumelte und sich auf den Major zu stürzen versuchte. Es bekam ihm übel. Der Major hob ihn auf und warf ihn auf den Boden. Berdindin machte »wupp!«, blieb liegen und rieb sich die Rippen.

»Die Rothaarige«, sagte der Major. »Komm her.«

»Lassen Sie mich in Ruhe«, sagte Jennifer sehr blass.

Folubert leerte sein viertes Glas, und die Stimme Jennifers traf ihn wie ein Donnerschlag. Er drehte sich langsam auf dem Absatz um und sah sie an.

Der Major näherte sich ihr, und mit einer schroffen Bewegung riß er ihr die Träger ihres grüngrauen Kleides runter. (Die Wahrheit gebietet mir zu sagen, daß die auf diese Art enthüllten Schaustücke angenehm anzusehen waren.)

»Lassen Sie mich«, sagte Jennifer zum zweiten Male.

Folubert fuhr sich mit der Hand über die Augen.

»Das ist ein Traum!« murmelte er mit belegter Stimme.

»Komm her«, sagte der Major zu ihm. »Du wirst sie halten, während der Kerl in Aktion tritt.«

»Nein!« schrie Berdindin. »Ich will nicht! ... Alles, nur das nicht ... Keine Frau!«

»Gut«, sagte der Major, »ich bin ein guter Major.«

Er ging wieder zu Folubert, ohne Jennifer loszulassen.

»Zieh dich aus«, sagte er, »und nimm dir den Kerl vor. Ich kümmere mich um sie.«

»Ich weigere mich«, sagte Folubert. »Und du, kratz die Kurve. Du fällst uns auf den Wecker.«

Der Major ließ Jennifer los. Er holte tief Luft, und seine Brust dehnte sich mindestens ein Meter fünfundzwanzig aus. Jennifer sah Folubert überrascht an, und sie wußte nicht, ob sie das Vorderteil ihres Kleides wieder hochziehen sollte, oder ob es klüger wäre, Folubert beim Anblick dieses Schauspiels zu Kräften kommen zu lassen. Sie entschied sich für die zweite Lösung.

Folubert erblickte Jennifer und wieherte. Er stampfte rasch auf der Stelle und packte den Major. Letzterer klappte, auf den Solarplexus getroffen, in dem Augenblick, wo sein Brustkasten sich zu dehnen aufhörte, mit einem fürchterlichen Krach zusammen. Er richtete sich fast sofort wieder auf, und Folubert nutzte das, um ihm einen ausgesprochen klassischen Judogriff zu verpassen, der im Vornüberziehen der Ohren über die Augen des Patienten bestand, während man ihm in die Nasenlöcher bläst.

Der Major wurde hellblau und erstickte. In diesem Augenblick brachte Folubert, dem die Liebe und der Apéritif zehnfache Kräfte verliehen hatte, seinen Kopf zwischen die Beine des Majors, hob ihn auf und warf ihn auf die Straße, mitten durch die Fenster des Salons, über den reich gedeckten Tisch hinweg.

In Léobilles Salon, in dem es wieder ruhig geworden war, entstand ein großes Schweigen, und Jennifer fiel, ohne ihr Kleid wieder hochzuziehen, in die Arme Foluberts, der hinstürzte, denn sie wog gute sechzig Kilo. Glücklicherweise stand der Ziegenledersessel hinter ihm.

Was den Major betrifft, sein Körper bewegte sich rasch in der

Luft, und dank einiger gewandter Umdrehungen gelang es ihm, sich wieder ins Gleichgewicht zu bringen; aber er hatte das Pech, in ein rotschwarzes Taxi mit offenem Dach zu fallen, das ihn weit weg fuhr, ehe er Zeit hatte, sich darüber klar zu werden.

Als er sich darüber klar geworden war, ließ er den Chauffeur aussteigen, indem er ihm mit äußerster Bosheit drohte, und er steuerte das Taxi in Richtung seiner Wohnung, Villa Löwenherz.

Und dann ermordete er, weil er sich nicht geschlagen geben wollte, durch Zermalmen einen alten Obst- und Gemüsehändler, alle Jahreszeiten, drei davon zum Glück vom Schwarzmarkt.

Und während des ganzen restlichen Abends beschäftigten sich Folubert und Jennifer damit, das Kleid der letzteren wieder in Ordnung zu bringen. Sie hatte es abgelegt, damit es bequemer war, und Léobille stellte ihr dankbar aus gegebenem Anlaß sein eigenes Zimmer zur Verfügung und das elektrische Bügeleisen aus chinesischem Email, das er von seiner Mutter hatte, die es von ihrer Großmutter hatte und das man in seiner Familie von Generation zu Generation seit dem Ersten Kreuzzug weitergab.

BLUES FÜR EINE SCHWARZE KATZE

1

Peter Gna kam mit seiner Schwester aus dem Kino. Die frische, nach Zitrone duftende Nachtluft war angenehm nach der Dunstglocke im Saal, der so blau gestrichen war wie Käse aus der Auvergne und auch so stank. Sie hatten einen äußerst unmoralischen Zeichentrickfilm gesehen, und Peter Gna fuchtelte wütend mit seiner Lederjacke herum und machte eine noch unversehrte alte Dame kaputt. Den Leuten auf den Trottoirs gingen Gerüche voraus. Die von den Laternen und den Lichtern der Kinos und Autos erleuchtete Straße wogte ein wenig. In den Querstraßen legte sich das alles, und sie gingen auf die Folies-Bergères zu. Alle zwei Häuser eine Bar, vor jeder zwei Mädchen.

»Nicht als Syphilitikerinnen!« schimpfte der Gna.

»Alle?« fragte seine Schwester.

»Alle«, versicherte der Gna, »ich sehe sie im Krankenhaus, wie sie dir manchmal ihren Arsch andienen unter dem Vorwand, blanchiert zu sein.«

Seiner Schwester lief es kalt über den Rücken.

»Was heißt das, blanchiert?«

»Daß es keine Wassermannsche Reaktion mehr gibt«, sagte der Gna. »Doch das beweist nichts.«

»Die Männer empfinden offensichtlich keinen Ekel«, sagte seine Schwester.

Sie wandten sich nach rechts und gleich darauf nach links, und es miaute unter dem Trottoir, so daß sie stehen blieben, um nachzusehen, was das war.

2

Anfangs hatte die Katze keine Lust gehabt, sich zu schlagen, doch alle zehn Minuten stieß der Hahn einen schrillen Schrei aus. Es war der Hahn der Dame aus dem ersten Stock. Er wurde gemästet, um zu gegebener Zeit verspeist zu werden. Die Juden essen zu einem bestimmten Datum immer einen Hahn, so er sich essen läßt, sollte es heißen. Die Katze hatte den Hahn bis zum Halse satt, wenn er wenigstens spielen würde, aber nein, immer auf zwei Pfoten, um den starken Mann zu markieren.

»Da hast du eins«, sagte die Katze und verpaßte ihm einen kräftigen Schlag mit der Pfote auf den Kopf.

Dies geschah bei der Hausmeisterin auf dem Fensterbrett. Der Hahn schlug sich nicht gern, doch seine Würde ... Er stieß einen lauten Schrei aus und versetzte der Katze einen Schnabelhieb in die Flanke.

»Du Saukerl«, sagte die Katze, »hältst mich wohl für einen Käfer! ... Dein Irrtum wird dir vergehen!«

Und paff! ... Ein Kopfhieb ins Brustbein. So ein Hahnenvieh! ... Noch ein weiterer Schnabelhieb ins Kreuz der Katze und ein weiterer ins Nierenfett.

»Na, warte!« sagte die Katze.

Und sie beißt ihn in den Hals, spuckt aber ein ganzes Maul voll Federn aus, und bevor sie klarsieht, zwei Flügelstöße, und sie überschlägt sich auf dem Trottoir. Ein Mann kommt vorbei. Er tritt auf den Schwanz der Katze.

Die Katze machte einen Luftsprung, fiel auf die Straße zurück, wich einem vorbeiflitzenden Fahrrad aus und stellte fest, daß der Gulli etwa ein Meter sechzig tief war, ein Fallgitter mit einer ein Meter zwanzig breiten Öffnung hatte, aber dann sehr eng war und voller Scheißdreck.

3

»Es ist eine Katze«, sagte Peter Gna.

Kaum wahrscheinlich, daß ein anderes Tier die Perfidie besessen hätte, den Schrei der Katze nachzuahmen, der gewöhnlich aus Lautmalereigründen Miauen genannt wird.

»Wie ist sie da hineingefallen?«

»Dieses Mistvieh von Hahn«, sagte die Katze, »und danach ein Fahrrad, das vorbeikam.«

»Hatten Sie denn angefangen?« fragte Peter Gnas Schwester.

»Aber nein«, sagte die Katze. »Er hat mich mit seinem dauernden Geschrei provoziert, er weiß, daß ich das nicht ausstehen kann.«

»Man darf ihm deshalb nicht böse sein«, sagte Peter Gna. »Bald wird ihm der Kopf abgehackt.«

»Geschieht ihm recht«, sagte die Katze mit zufriedenem Grinsen.

»Es ist nicht recht«, sagte Peter Gna, »sich über das Unglück der andern zu freuen.«

»Nein«, sagte die Katze, »ich sitze doch selbst in der Patsche.« Und sie weinte bitterlich.

»Ein bißchen mehr Mumm«, sagte streng Peter Gnas Schwester, »Sie sind nicht die erste Katze, die in einen Gulli fällt.«

»Die andern sind mir völlig egal«, schimpfte die Katze und fügte hinzu: »Wollen Sie nicht versuchen, mir herauszuhelfen?«

»Gewiß doch«, sagte Peter Gnas Schwester, »aber wenn Sie dann wieder anfangen müssen, sich mit dem Hahn zu schlagen, lohnt die Mühe nicht.«

»Oh, ich werde den Hahn in Ruhe lassen«, sagte die Katze in gleichgültigem Ton. »Er hat sein Fett weg.«

In der Wohnung der Hausmeisterin stieß der Hahn einen Freudengluckser aus. Den hörte die Katze glücklicherweise nicht.

Peter Gna entfaltete sein seidenes Halstuch und legte sich bäuchlings auf die Straße.

Dieser ganze Wirrwarr hatte die Aufmerksamkeit der Passanten erregt, und eine Gruppe bildete sich um das Gulliloch. Eine horizontale Peripatetikerin hatte sich eingefunden, im Pelzmantel mit einem rosa Plisseekleid, das durch den Ausschnitt zu sehen war. Sie duftete irre gut. In ihrer Begleitung zwei amerikanische Soldaten, an jeder Seite einer. Bei dem rechts war die linke Hand nicht zu sehen, bei dem links auch nicht, aber der war Linkshänder. Weiter standen noch herum die Hausmeisterin von gegenüber, das Mädchen aus dem Bistro gegenüber, zwei Zuhälter mit Schlapphut, noch eine Hausmeisterin und eine alte Katzenmutti.

»Das ist entsetzlich«, sagte die Hure. »Das arme Vieh! Ich will das nicht sehen.«

Sie verbarg ihr Gesicht hinter den Händen. Einer der Zuhälter reichte ihr höflich eine Zeitung, in der zu lesen war: *Dresden kleingebombt, mindestens hundertzwanzigtausend Tote.*

»Die Menschen«, sagte die Katzenmutti, die die Schlagzeile las, »sind nichts, das macht mir nichts aus, aber ich kann kein Tier leiden sehen.«

»Ein Tier«, protestierte die Katze. »Bemitleiden Sie sich selber.«

Aber momentan verstanden nur Peter Gna, seine Schwester und die Amerikaner die Katze, denn sie hatte einen starken englischen Akzent, und die Amerikaner widerte das an.

»The shit with this limey cat!« sagte der größere. *»What about a drink somewhere? ...«*

»Ja, mein Schatz«, sagte die Hure. »Man wird sie sicher da herausholen.«

»Glaube ich nicht«, sagte Peter Gna und stand auf, »mein Halstuch ist zu kurz, und sie kann sich nicht daran festhalten.«

»Das ist schrecklich!« erklang seufzend das Konzert mitleidiger Stimmen.

»Seien Sie doch still«, murmelte die Katze, »lassen Sie ihn überlegen.«

»Hat niemand einen Strick?« fragte Peter Gnas Schwester.

Es fand sich ein Strick, aber ganz offensichtlich konnte sich die Katze nicht daran festkrallen.

»Es geht nicht«, sagte die Katze. »Das Ding rutscht mir zwischen den Krallen weg, und das ist sehr unangenehm. Wenn ich dieses Mistvieh von Hahn fassen könnte, würde ich ihm die Nase in die Scheiße stecken. Es stinkt ekelhaft nach Ratten in diesem Loch.«

»Arme Kleine«, sagte das Mädchen aus dem Bistro gegenüber. »Es miaut zum Herzerweichen. Mich rührt das.«

»Das rührt einen mehr als ein Baby«, bemerkte die Hure, »es ist zu grausam, ich gehe.«

»To hell with that cat«, sagte der zweite Amerikaner, *»where can we sip some cognac? ...«*

»Du hast schon zuviel Cognac getrunken«, schimpfte das Weibstück. »Ihr seid aber auch schrecklich ... Kommt, ich will diese Katze nicht hören.«

»Oh«, protestierte das Bistromädchen, »Sie könnten diesen Herrschaften doch etwas helfen!«

»Aber ja doch, gern«, sagte die Hure und brach in Tränen aus.

»Wenn ihr da oben mal die Klappe halten könntet«, wiederholte die Katze, » ... und macht schnell, sonst hole ich mir eine Erkältung ...«

Ein Mann ging über die Straße. Ohne Kopfbedeckung, ohne Schlips, in Segeltuchschlappen. Er rauchte vor dem Schlafengehen eine Zigarette.

»Was ist denn los, Madame Pioche?« fragte er die angebliche Hausmeisterin.

»Eine arme Katze, die irgendwelche Lümmel in den Gulli geworfen haben«, mischte sich die Katzenmutti ein, »diese Flegel ... Man sollte sie alle bis einundzwanzig in Besserungsanstalten stecken!«

»In die sollte man lieber die Hähne stecken«, schlug die Katze vor. »Die Bengel schreien wenigstens nicht den ganzen Tag lang herum unter dem Vorwand, daß vielleicht die Sonne aufgeht!«

»Ich gehe nochmal rauf«, sagte der Mann. »Ich habe etwas zum Herausziehen. Warten Sie eine Minute.«

»Ich hoffe, das ist kein schlechter Witz«, sagte die Katze. »Ich beginne zu kapieren, wieso das Wasser nie aus den Gullis rausfließt. Reinkommen ist einfach, aber umgekehrt ist es ein bißchen heikel.«

»Ich habe keine Idee, was wir machen könnten«, sagte Peter Gna. »Sie liegen sehr schlecht, die Stelle ist fast unerreichbar.«

»Ich weiß«, sagte die Katze. »Wenn ich könnte, käme ich allein heraus.«

Noch ein Amerikaner kam dazu. Er ging aufrecht. Peter Gna erläuterte ihm den Sachverhalt.

»Can I help you?« sagte der Amerikaner.

»Lend me your flash-light, please«, sagte Peter Gna. *»Oh! Yeah! ...«* sagte der Amerikaner und gab ihm seine elektrische Taschenlampe.

Peter Gna legte sich wieder der Länge nach auf den Bauch, und es gelang ihm, ein Stück der Katze zu sehen. Die aber schrie:

»Geben Sie mir doch das Ding her ... Sieht so aus, als ginge es ... Gehört einem Ami, was?«

»Ja«, sagte Peter Gna. »Ich werde Ihnen meine Jacke runterreichen. Versuchen Sie, sich daran festzuklammern!«

Er zog seine Jacke aus, hielt sie an einem Ärmel fest und ließ sie in das Gulliloch hinabbaumeln. Die Leute fingen an, die Katze zu verstehen. Sie gewöhnten sich an ihren Akzent.

»Noch eine kleine Kraftanstrengung!« sagte die Katze.

Und sie machte einen Sprung, um sich an dem Kleidungsstück festzuhalten. Man vernahm, diesmal auf Katzendeutsch, einen schrecklichen Fluch. Die Jacke entglitt Peter Gna und verschwand im Gulli.

»Geht es nicht!« fragte Peter Gna besorgt.

»Heiliger Bimbam!« sagte die Katze. »Ich habe mir den Schädel an einem Ding eingehauen, das ich nicht gesehen hatte. Mist! ... Tut das weh! ...«

»Und meine Jacke?« fragte Peter Gna.

»I'll give you my pants«, sagte der Amerikaner und schickte sich an, seine Hose auszuziehen, um bei der Rettung zu helfen.

Peter Gnas Schwester hinderte ihn daran.

»It's impossible with the coat«, sagte sie, *»won't be better with your pants.«*

»Oh! Yeah!« sagte der Amerikaner und fing an, seine Hose wieder zuzuknöpfen.

»Was macht denn der?« sagte die Hure. »Er ist schwarz! Lassen Sie ihn nicht auf der Straße seine Hose ausziehen. So ein Schwein!«

Weitere undefinierbare Individuen gesellten sich noch der kleinen Gruppe hinzu. Der Gullischlund bot beim Schein der elektrischen Lampe einen seltsamen Anblick. Die Katze fluchte, und das eigenartig verstärkte Echo ihrer Verwünschungen drang an die Ohren der Neuankömmlinge.

»Ich hätte gern meine Jacke wieder«, sagte Peter Gna.

Der Mann in den Segeltuchschlappen bahnte sich mit den Ellenbogen einen Weg. Er brachte einen langen Besenstiel mit.

»Ah!« sagte Peter Gna, »das könnte vielleicht gehen.«

Doch angesichts der Gulliöffnung blieb der Stock steif, und der Knick, den die Krümmung verursacht hatte, machte es unmöglich, ihn hineinzustecken.

»Man müßte die Plombierung vom Gullideckel suchen und aufbrechen«, schlug Peter Gnas Schwester vor.

Sie übersetzte dem Amerikaner ihren Vorschlag.

»Oh! Yeah!« sagte er.

Und sogleich machte er sich auf die Suche nach der Plombierung. Er steckte seine Hand in die rechteckige Öffnung, zog, rutschte aus, lies los und knallte gegen die nächste Hauswand.

»Kümmern Sie sich um ihn!« befahl Peter Gna zwei Frauen aus der Menge, die dem Amerikaner auf die Beine halfen und ihn mit nach Hause nahmen, um sich des Inhalts seiner Jackentaschen zu vergewissern. Namentlich fanden sie ein Stück *Lux*-Seife und eine große Tafel gefüllte *O'Henry*-Schokolade. Er dagegen verpaßte ihnen einen handfesten Tripper, den ihm eine reizende Blondine zwei Tage zuvor am Pigalle angehängt hatte.

Der Mann mit dem Stock schlug sich mit der flachen Hand an den Kopf und sagte:

»Heurekatz!« und ging wieder nach Hause.

»Der nimmt mich auf den Arm«, sagte die Katze. »Hört her da oben, wenn Ihr euch nicht ein bißchen auf die Hinterbeine stellt, dann haue ich ab. Einen Ausgang werde ich schon finden.«

»Und wenn es zu regnen anfängt«, sagte Peter Gnas Schwester, »dann ertrinken Sie.«

»Regnen wird es nicht«, behauptete die Katze.

»Aber Sie werden auf Ratten stoßen.«

»Das ist mir egal.«

»Na, dann gehen Sie halt«, sagte Peter Gna. »Aber Sie müssen wissen, es gibt welche, die sind größer als Sie. Und die sind ekelhaft. Und dann, pissen Sie nicht auf meine Jacke!«

»Wenn sie dreckig sind«, sagte die Katze, »ist es was anderes. Tatsache ist jedenfalls, daß sie stinken. Nein, im Ernst, helft mir aus der Scheiße, ihr da oben. Und sorgen Sie sich nicht um Ihre Jacke, ich passe auf sie auf.«

Sie spitzte immer weniger die Ohren. Der Mann erschien wieder. An einer langen Strippe hatte er ein Einkaufsnetz.

»Herrlich«, sagte Peter Gna. »Sie wird sich gewiß daran festhaken können.«

»Was ist das?« fragte die Katze.

»Hier«, sagte Peter Gna und ließ es hinunter.

»Ah! Das ist besser!«, lobte die Katze. »Ziehen Sie noch nicht. Ich hole die Jacke.«

Einige Sekunden später war das Netz wieder oben, die Katze hatte es sich darin bequem gemacht.

»Endlich!« sagte sie, sobald sie aus dem Netz heraus war. »Um Ihre Jacke müssen Sie sich selber kümmern. Finden Sie einen Angelhaken oder sonstwas. Sie war nämlich zu schwer.«

»So ein Mistvieh!« knurrte Peter Gna.

Ein zufriedenes Geschrei empfing die Katze bei ihrem Auftritt aus dem Netz. Sie wurde von Hand zu Hand gereicht.

»Was für eine schöne Katze! Die Arme! Sie ist ganz mit Dreck beschmiert ...«

Sie stank fürchterlich.

»Wischen Sie sie damit ab«, sagte die Hure und stellte ihr Halstuch aus lavendelblauer Seide zur Verfügung.

»Das wird dann hin sein«, sagte Peter Gnas Schwester.

»Oh! Das macht nichts«, sagte die Hure in einer Anwandlung von Großzügigkeit, »es gehört nicht mir.«

Die Katze schüttelte rundum Hände, und die Menge begann sich zu verlaufen.

»Was denn«, sagte die Katze, als sie alle weggehen sah, »jetzt wo ich draußen bin, bin ich nicht mehr interessant? Wo übrigens ist der Hahn?«

»Verflucht«, sagte Peter Gna. »Kommen Sie was trinken und denken Sie nicht mehr an den Hahn.«

Bei der Katze blieben der Mann in den Segeltuchschlappen, Peter Gna, dessen Schwester, die Hure und die beiden Amerikaner.

»Wir gehen alle zusammen einen trinken«, sagte die Hure, »auf das Wohl der Katze.«

»Unangenehm ist sie ja nicht«, sagte die Katze, »aber was für ein Getue ... Eigentlich würde ich gern mit ihr schlafen heute nacht.«

»Immer mit der Ruhe«, sagte Peter Gnas Schwester.

Die Hure drängelte ihre beiden Freier.

»Kommt! Saufen! ... Cognac! ...«, brachte sie mit schwerer Zunge heraus.

»Yeah! ... Cognac! ...« antworteten die beiden Männer, indem sie gleichzeitig aufwachten.

Peter Gna ging voran und trug die Katze, und die anderen folgten ihm. In der rue Richer war noch ein Bistro offen.

»Sieben Cognacs«, bestellte die Hure, »auf meine Rechnung.«

»Gut im Geschäft, Kleine«, sagte die Katze voll Bewunderung. »Ober, in meinen etwas Baldrian!«

Der Kellner bediente sie, und alle stießen fröhlich an.

»Diese arme Katze hat sich wahrscheinlich eine Erkältung geholt«, sagte die Hure. »Spendieren wir ihr doch eine Ochsenschwanzsuppe!«

Als sie das hörte, wäre der Katze beinahe die Luft weggeblieben, und sie spuckte nach allen Seiten Cognac aus.

»Für wen hält sie mich denn?« fragte sie Peter Gna. »Bin ich eine Katze, ja oder nein?«

Beim Schein der Quecksilberdampfdeckenleuchtröhren konnte man sehen, welcher Typ Katze es war: ein schrecklicher, fetter Kater mit gelben Augen und einem Schnurrbart à la Wilhelm II. Seine spitzen Ohren stellten seine ganze Männlichkeit unter Beweis, und eine große weiße Narbe, kahl und kokett durch eine lila Borte aufgewertet, zierte seinen Rücken.

»*What's that?*« fragte ein Amerikaner und faßte die Stelle an. »Monsieur verletzt?«

»Yep!« antwortete der Kater. »F.F.I. ...«

Er sagte, wie sich's gehört, Eff Eff Ei.

»Fine«, sagte der andere Amerikaner und schüttelte ihm kräftig die Hand. »*What about another drink?*«

»Okey doke!« sagte der Kater. »*Got a butt?*«

Der Amerikaner reichte ihm sein Zigarettenetui, ohne Groll gegen den fürchterlich englischen Akzent des Katers, der sich ranzuschmeißen können glaubte, wenn er seinen amerikanischen Jargon betonte. Der Kater wählte die längste und zündete sie an Gnas Feuerzeug an. Jeder nahm eine Zigarette.

»Erzählen Sie, wie es zu der Verletzung kam«, sagte die Hure.

Peter Gna hatte soeben in seinem Glas einen Angelhaken gefunden und machte sich sofort auf den Weg, um seine Jacke herauszufischen. Der Kater wurde rot und senkte seinen Kopf.

»Ich rede nicht gern über mich«, sagte er. »Gebt mir noch einen Cognac.«

»Das wird Ihnen aber schlecht bekommen«, sagte Peter Gnas Schwester.

»Nicht doch«, protestierte der Kater. »Ich habe gepanzerte Eingeweide. Echten Katzendarm. Und nach diesem Gulli ... Buuh! Hat das nach Ratten gestunken!«

Er kippte seinen Cognac in einem Zug.

»Donnerwetter! ... Hat der einen Zug!« sagte der Mann mit den Segeltuchschlappen in bewunderndem Ton.

»Den nächsten in einem Limonadeglas«, verfügte der Kater.

Der zweite Amerikaner sonderte sich von der Gruppe ab und nahm auf der Bank des Cafés Platz. Er hielt sich den Kopf mit beiden Händen und fing an, sich zwischen die Füße zu kotzen.

»Das war«, sagte der Kater, »im April 44. Ich kam aus Lyon, wo ich mit der Katze von Léon Plouc Kontakt aufgenommen hatte, die auch bei der Resistance mitmachte. Übrigens eine Katze auf der Höhe der Zeit, später ist sie von der Katzengestapo geholt und nach Buchenkatze deportiert worden.«

»Das ist ja entsetzlich«, sagte die Hure.

»Ich mache mir ihretwegen keine Sorgen«, sagte der Kater, »sie wird schon durchkommen. Als ich sie verließ, kehrte ich also nach Paris zurück, und im Zug hatte ich das Pech, eine Katze zu treffen ... ein Weibsbild! ... ein Dreckfetzen! ...«

»Sie sollten auf die Wahl Ihrer Worte achtgeben«, sagte Peter Gnas Schwester streng.

»Entschuldigung«, sagte der Kater und nahm einen kräftigen Schluck Cognac.

Seine Augen leuchteten auf wie zwei Lampen, und seine Schnurrbarthaare stellten sich auf.

»Ich habe da eine Nacht verbracht, in dem Zug«, sagte er und räkelte sich vor Wonne. »Guter Gott! Eine Königin im Bumsen! Hick! ...« schloß er, da er den Schluckauf hatte.

»Und weiter?« fragte die Hure.

»Weiter nichts!« sagte der Kater mit falscher Bescheidenheit.

»Aber wie kam es zu Ihrer Verletzung?« fragte Peter Gnas Schwester.

»Der Herr der Katze hatte eisenbeschlagene Schuhe an«, sagte der Kater, »und er zielte auf den Arsch, aber er hat ihn nicht getroffen. Hick! ...«

»Ist das alles?« fragte die Hure enttäuscht.

»Von Ihnen aus hätte er mich wohl totschlagen sollen, was?« grinste der Kater sarkastisch. »Na, Sie haben aber schöne Ansichten, Sie. Gehen Sie übrigens nie ins Pax-Vobiscum?«

Das war ein einschlägiges Hotel in diesem Stadtteil. Ein Haus des Friedens und der Freuden – das sagt alles.

»Doch«, sagte die Hure ohne Umschweife.

»Ich bin mit dem Dienstmädchen im Bunde«, sagte der Kater, »was bei der alles für mich abfällt! ...«

»Aha«, sagte die Hure, »Germaine?«

»Ja«, sagte der Kater, »Ger-hick-maine ...«

Er trank sein Glas in einem Zug aus.

»Ich würde mir gern eine Blauweißrote genehmigen«, sagte er.

»Eine was?« fragte die Hure.

»Eine blauweißrote *Katze*, oder auch mit einem jungen, noch nicht ganz garen Kätzchen.«

Er lachte widerlich und zwinkerte mit dem rechten Auge.

»Oder mit dem Hahn! Hick! ...«

Der Kater richtete sich auf allen Vieren auf, mit gekrümmtem Rücken, steifem Schwanz, und er zitterte mit dem Steiß.

»Verdammt«, sagte er, »das macht mich ganz geil! ...«

Peter Gnas Schwester kramte verlegen in ihrer Handtasche.

»Kennen Sie keine?« fragte der Kater die Hure. »Haben Ihre Freundinnen keine Katzen?«

»Sie sind ein Schwein!« antwortete die Hure. »Vor diesen Herrschaften! ...«

Der Kerl in den Segeltuchschlappen sprach nicht viel, rückte aber, von dem Gerede des Katers erregt, näher zur Hure.

»Sie riechen gut«, sagte er zu ihr. »Was ist das?«

»Schwefelblüte, Altherrenmarke«, sagte sie.

»Und das«, fragte er, indem er mit der Hand hinfaßte, »was ist das? ...«

Er hatte sich auf der von dem kranken Amerikaner freigelassenen Seite hingesetzt.

»Geh, mein Schatz«, sagte die Hure, »sei brav.«

»Ober!« sagte der Kater. »Einen Menthe!«

»Nein, wirklich!« protestierte Peter Gnas Schwester. »Endlich«, sagte sie, als sie sah, daß die Tür aufging.

Peter kam mit seiner Jacke voll Unrat zurück.

»Hindere ihn am Trinken«, sagte sie, »er ist total blau.«

»Warte«, sagte Peter Gna. »Ich muß meine Jacke reinigen. Ober! Zwei Syphons!«

Er hängte seine Jacke über eine Stuhllehne und bespritzte sie tüchtig.

»Zum Totlachen! ...« sagte der Kater. »Ober! Mein Menthe ... Hick! ...«

»Du bist mein Retter! ...« verkündete er gleich darauf und umarmte Peter Gna. »Komm, ich geb dir einen aus.«

»Nein, mein Alter«, sagte Peter Gna. »Sie kriegen einen Schlaganfall.«

»Er hat mich gerettet!...« brüllte der Kater. »Er hat mich aus dem Rattenloch gezogen, wo ich beinahe krepiert wäre.«

Gerührt ließ die Hure ihren Kopf auf die Schulter des Mannes in Segeltuchschlappen gleiten, der sie sitzen ließ und sich den Rest in einer Ecke allein besorgte.

Der Kater sprang auf die Theke und leerte den restlichen Cognac aus.

»Bruuh! ...« machte er und bewegte rasch den Kopf von rechts nach links. »Das brennt vielleicht! ... Ohne ihn«, brüllte er, »wäre ich futsch gewesen, futsch! ...«

Die Hure sank mit dem Kopf in den Armen auf die Theke. Der zweite Amerikaner ließ sie dort und setzte sich zu seinem Landsmann. Ihre beiden Kotzströme schalteten sich synchron und zeichneten die amerikanische Flagge auf den Boden. Der zweite übernahm die achtundvierzig Sterne.

»In meine Arme ... Hick!« beschloß der Kater.

Die Hure wischte sich eine Träne ab und sagte:

»Wie lieb er ist! ...«

Um ihn nicht zu beleidigen, gab ihm Peter Gna einen Kuß auf die Stirn. Der Kater drückte ihn zwischen seine Pfoten, ließ plötzlich los und brach zusammen.

»Was ist mit ihm?« fragte voller Sorge Peter Gnas Schwester.

Peter Gna zog einen Spiegel aus seiner Tasche und führte ihn in das Ohr des Katers ein.

»Er ist tot«, sagte er, nachdem er hineingeschaut hatte. »Der Cognac hat das Gehirn erreicht. Man sieht ihn durchsickern.«

»Oh!« sagte Peter Gnas Schwester und fing zu weinen an. »Was hat er denn? frage die Hure besorgt.

»Er ist tot«, wiederholte Peter Gna.

»Oh! ...« sagte sie. »Nach all der Mühe, die wir uns gegeben haben!«

»Es war ein so guter Kater! ... und reden konnte er! ...« sagte der Mann in den Segeltuchschlappen, der zurückkam.

»Ja«, sagte Peter Gnas Schwester.

Der Kellner des Bistros hatte noch nichts gesagt, aber er schien sich aus seiner Erstarrung zu lösen.

»Macht achthundert Francs! ...«

»Ah! ...« sagte Peter Gna beunruhigt.

»Geht auf meine Rechnung«, sagte die Hure, die tausend Francs aus ihrer schönen roten Lederhandtasche nahm. »Der Rest ist für Sie, Ober! ...«

»Danke«, sagte der Kellner. »Was soll ich damit machen?«

Voller Ekel wies er auf den Kater. Ein Rinnsal grüner Menthe kullerte über das Fell des Katers und bildete ein wirres Netz.

»Der arme Kleine! ...« schluchzte die Hure.

»Laß ihn nicht da liegen«, sagte Peter Gnas Schwester. »Man muß etwas tun ...«

»Er hat wie ein Loch gesoffen«, sagte Peter Gna. »Idiotisch. Nichts zu machen.«

Das Niagarafällegeräusch, das seit dem Rückzug der Amerikaner die Geräuschuntermalung abgegeben hatte, hörte unerwartet auf. Sie standen gemeinsam auf und gesellten sich zu der Gruppe.

»Cognac! ...« verlangte der erste.

»Ins Bettchen, mein Liebling! ...« sagte die Hure. »Los! ...«

Sie legte um jeden einen Arm.

»Verzeihen Sie, meine Herrschaften«, sagte sie. »Ich muß meine Kleinen zu Bett bringen ... Armer kleiner Kater, trotzdem ... Ein Abend, der so schön angefangen hatte.«

»Auf Wiedersehen, Madame«, sagte Peter Gnas Schwester.

Der Mann in den Segeltuchschlappen tippte Peter Gna freundschaftlich auf die Schulter, ohne etwas zu sagen, mit einer Beileidsmiene. Offensichtlich von großem Schmerz erfüllt, schüttelte er den Kopf und ging auf Fußspitzen hinaus.

Der Kellner war sichtlich müde.

»Was sollen wir mit ihm machen?« sagte Peter Gna, und seine Schwester antwortete nichts.

Da legte Peter Gna den Kater in seine Jacke, und sie gingen in die Nacht hinaus. Es war kalt, und die Sterne leuchteten auf, einer nach dem andern. Die Kirchenglocken spielten den Trauermarsch von Chopin und ließen so das Volk wissen, daß es soeben ein Uhr in der Früh geschlagen hatte. Gemessenen

Schrittes bahnten sie sich einen Weg in der schneidenden Atmosphäre.

Sie kamen an die Straßenecke. Schwarz und gierig wartete das Gulliloch zu ihren Füßen. Peter Gna öffnete seine Jacke. Vorsichtig nahm er den ganz steifen Kater, und seine Schwester streichelte ihn wortlos. Und dann verschwand der Kater heimlich und ungern in dem Loch. Es machte: »Glopp!« und mit einem zufriedenen Lächeln schloß sich der Schlund des Gullis wieder.

MUTTERSCHAFT

1

Als René Lantulé sich in Claude Bédale verliebte – seit einigen Wochen schrieben sie sich über die Kleinanzeigen der »Kino-Revue« – wußte er noch nicht, daß Claude ein junger Mann war. Sie schrieben beide überaus zärtliche Briefe; sie liebten die gleichen Filmstars, übten die gleichen Sportarten aus, schwärmten beide fürs Ballett ... ein Idyll ohne den geringsten Schatten einer Wolke. Claude lebte in der Provinz und kam nur selten nach Paris; er hatte wohl René ein Foto von sich geschickt, aber da er das Haar recht lang trug, schloß René, durch die herrschende Mode verbildet, daß es sich um ein (für die Provinz) ziemlich emanzipiertes Mädchen handelte, das sich die Haare hatte schneiden lassen und dies vor den Eltern verheimlichte. Die Handschrift der Briefe, wird man sagen, hätte René aufklären können ... aber er fand seine eigene Schrift zu ungleichmäßig, um noch die Stirn zu haben, in der Hinsicht irgendwas zu merken. Ihre briefliche Leidenschaft dauerte schon lange; da geschah es, daß eine kleine Erbschaft Claude zu einem Aufenthalt von einiger Wichtigkeit in der Hauptstadt zwang; außer sich vor Freude erschien René mit einem Blumenstrauß am Bahnhof. Natürlich erkannte er Claude nicht, da er erwartet hatte, ein junges Mädchen zu sehen, aber Claude, *der* wußte, was er wollte. Und so kam es, daß die beiden Freunde ohne Umschweife einen gemeinsamen Hausstand gründeten, was ja in unseren Tagen, die von der großen Freizügigkeit des Geistes geprägt sind, eine überaus gängige Angelegenheit ist. René hegte zwar zu Beginn noch einige Skrupel, aber Claude wies ihn darauf hin, daß man seines Wissens laut »Samedi-Soir« nur noch Homosexuellen im St. Germain-des-Prés begegne, im »Florette«, bei »Tante Blanche« und auf dem »Montata«, und daß eine Mode, die in so weitgehendem Maße von einem beträchtlichen Teil der intellektuellen und künstlerischen Jugend mitgemacht werde, nicht ohne ernsthafte Grundlagen existieren könne. Schritt für Schritt fand sich René mit der Sache ab, und bald waren Claude und er eines jener netten kleinen Homosexuellen-Pärchen, die der französischen Tradition von Treue und Konformismus zur Ehre gereichen.

2

Ihr Leben floß ereignislos dahin. René Lantulé, von Claude verhätschelt, verbrachte genüßliche Tage und hielt sein Innenleben in gewissenhafter Ordnung. Er hatte natürliche Anlagen fürs Kochen und nahm sich der kleinen Aufgaben des Haushalts mit umsichtiger Sorgfalt an. Claude hatte, intelligent wie er war, seine Erbschaft in ein sicheres Geschäft investiert; den Tag über begab er sich in sein Büro und steuerte mit Geschick sein Schiff, auch wenn er in Wirklichkeit einen R 4 benutzte. Gegen 6 Uhr abends ordnete er die Papiere, schloß die Schubladen und nahm voller Freude den Weg ins kuschelige Heim, wo ihn René erwartete, der an irgendwelchem Kleinkram strickte. Dort, unter der Stehlampe, machten sie Pläne für die Zukunft, und Claude fühlte manchmal, wie sein Herz dahinschmolz, wenn er an die »Kino-Revue« dachte, deren allwöchentliche Ausgabe sie mit einem Gefühl lasen, das der Dankbarkeit ähnelte.

3

Jedoch – je länger ihre Beziehung andauerte, desto eigenartiger wurde Renés Laune. Mehrere Male stellte Claude beim Nachhausekommen fest, daß sein Freund traurig war; schmollend reagierte René kaum auf die liebenswürdigen Aufmerksamkeiten Claudes, der ihm humorvoll die tausendundeins Alltagsbegebenheiten erzählte. Manchmal wandte sich René sogar ab, stand auf und verließ das Wohnzimmer, um sich in seinem Zimmer abzukapseln. Zunächst sagte Claude noch nichts, aber an einem Abend, als René noch sorgenvoller wirkte als gewöhnlich, wartete er ab, daß sein Freund in sein Zimmer ging, um ihm einige Minuten später dorthin zu folgen. Er fand ihn ausgestreckt auf dem Bett, den Kopf ins Kissen vergraben. Als er ihm die Hand auf die Schulter legte, um ihn zu trösten, bemerkte er, daß René weinte.

»Was ist denn los, mein Schatz?« fragte Claude.

»Nichts«, sagte René zwischen zwei tiefen Schluchzern.

»Aber was denn, meine Freude, mein Glück, mein Leben?«

»Ich will es dir nicht sagen ...«, murmelte René.

»Sag's mir doch, mein kleines Herzblättchen«, beharrte Claude.

»Ich trau mich nicht«, sagte René.

»Na, na, meine blaue Schönheit, sag's doch ...«

»Ich schäm mich aber, es zu sagen«, sagte René ganz leise.

»Komm, komm, mein Hühnchen, entschließ dich.«

»Ich hätte so gern ein Kind«, sagte René.

Und dann fing er wieder an, ins Kissen zu weinen. Auf Claudes Gesicht malte sich ungläubiges Erstaunen. Man hätte sogar meinen können, er wäre ein wenig beleidigt. Er antwortete nicht und verließ den Raum, um seinen Kummer vor René zu verbergen.

4

Es ist klar, daß von diesem Augenblick an das Leben schwieriger wurde. Claude war in düsterer Stimmung und verpatzte mehrere Geschäfte. Ihre Beziehungen blieben weiterhin unnormal, aber weder René noch er selbst konnten dabei so richtig warm werden wie früher. Claude zögerte, dann, eines Abends, entschloß er sich.

»Hör mal, mein Leben«, sagte er. »Da du keine Kinder bekommen kannst, werden wir eben eines adoptieren.«

»Oh!« sagte René, dessen Gesicht vor Freude zu strahlen begann.

»Das würdest du tun?«

Gerührt, das Glück seines Freundes zu sehen, nickte Claude.

»Was willst du denn?« fragte er. »Einen Jungen oder ein Mädchen?«

»Ein kleines Mädchen ...«, sagte René in Ekstase. »Das ist so nett! Und außerdem lieben sie ihre Mutter mehr.«

»Gut«, sagte Claude. »Du wirst ein kleines Mädchen kriegen.«

René sprang ihm an den Hals, und sie verbrachten einen sehr angenehmen Abend, den ersten seit langem. Claude war glücklich, und am nächsten Tag gelang ihm eine sehr schöne Transaktion. Er verordnete sich einen halben Tag Freizeit und begann die Suche am Nachmittag.

Er merkte bald, daß es äußerst schwierig war, ein kleines Mädchen zum Adoptieren zu finden. Alle, die man ihm anbot, waren zu klein; er befürchtete, daß René sie nicht stillen könnte, und ein Kind, das nicht von seiner Mutter gestillt worden ist, ist zerbrechlich, alle Welt weiß das. Und außerdem waren die Flüchtlingskinder schon untergebracht, die Sadisten töteten eine ganze Menge von ihnen, kurz: es herrschte großer Mangel. An jenem Abend kam er ohne Ausbeute nach Hause und sagte René nichts von seinen fruchtlosen Nachforschungen. Während gut einer Woche lief er sich die Hacken ab, in der Hoffnung auf eine Entdeckung. Seine Anzeigen führten zu keinem Resultat. Schließlich bot man ihm auf einem Kommissariat im 14. was an. Es war eine etwas mägerliche Jugendliche mit hübschen blauen Augen und schlampigen schwarzen Haaren.

»Das ist alles, was ich habe«, sagte der Kommissar.

»Wie alt ist sie?« fragte Claude.

»Siebzehn Jahre«, sagte der Kommissar, »aber sie sieht wie vierzehn aus.«

»Zwar ist es nicht ganz das, was ich gewollt hätte«, sagte Claude, »aber egal. Ich nehme sie.«

Während er sie nach Hause brachte, fragte er sie nach ihrem Namen; sie hieß Andrée. Er empfahl ihr, René zu sagen, daß sie vierzehn sei. Er empfand ein wenig Abscheu darüber, daß er sich in solcher Nähe zu einer Person jenes Geschlechts befand, aber er dachte an Renés Freude, und sein Gesicht hellte sich auf. Übrigens sah Andrée, dürr und nervös, wie sie war, eher wie ein Junge aus; aber trotz allem sah man deutlich zwei kleine Brüste unter ihrem Mieder.

»Du wirst das verbergen«, sagte Claude und zeigte darauf.

»Wie?« fragte Andrée.

»Leg doch eine ›Velpeau‹-Bandage an«, schlug Claude vor.

»Soooviel hab' ich nun auch wieder nicht«, protestierte Andrée.

»Das stimmt«, gab Claude zu. »Das stimmt, daß du nicht soviel hast. Aber es ist trotz allem ein bißchen eklig.«

»Warum haben Sie mich denn dann adoptiert?« fragte Andrée wütend, »wenn ich Sie anekle – es zwingt sie ja keiner!«

»Schon gut«, sagte Claude, »reg dich nicht auf. Ich wollte nichts Unfreundliches sagen. Du wirst schon sehen, René wird dich ausreichend verwöhnen.«

»Ist das meine Mutti?« fragte Andrée.

»Ja«, sagte Claude. »Sie ist sehr sanft.«

Während sie an einem großen Friseurladen mit hellerleuchteten Schaufenstern vorbeikamen, fragte sich Claude, ob er nicht mit Andrée reingehen solle, damit sie bei der Ankunft etwas präsentabler aussähe, aber er überlegte, daß er damit René um das delikate Vergnügen bringen würde, sein Mädchen selbst nach seinem Geschmack herzurichten.

Da sie sich dem Ziel näherten, gab er Andrée nochmals den guten Rat, ihr wahres Alter zu verbergen.

»René wollte ein kleines Mädchen«, erklärte er. »Das ändert für dich ja nichts, zu sagen, daß du nur vierzehn Jahre alt bist, und das wird ihr solche Freude machen.«

»Sie lieben meine Mutti aber sehr«, sagte Andrée voller Bewunderung, »Sie denken nur an sie.«

Claude wischte sich eine kleine Freudenträne weg beim Gedanken an die Freudentränen Renés. Das kleine Auto hielt vor dem Hochhaus, in dem sie wohnten.

»Das ist ein schönes Haus«, sagte Andrée bewundernd.

Das arme Kind hatte bis dahin nur in den ärmlichen Vierteln der Stadt gelebt.

»Du wirst sehen«, sagte Claude, der unfreiwillig etwas von den Gefühlen der Kleinen gerührt war, »du wirst dich bei uns wohlfühlen, und es gibt einen Fahrstuhl.«

»Oh! Schick!« sagte Andrée. »Einen, der funktioniert! Und ich werde Kleider bekommen.«

»Ja«, sagte Claude, »aber vergiß nicht ... Du bist vierzehn ... und du wirst mit Puppen spielen.«

»Nun ja«, sagte Andrée, »ich werde zwar wie eine Kuh aussehen ... aber egal; man muß schließlich Opfer bringen.«

Sie hatte den angeborenen, gesunden Menschenverstand eines Pariser Kindes.

5

Die Freude Renés, als Claude und Andrée die Schwelle der kleinen Wohnung überschritten, ist schwer zu beschreiben. Er umarmte Andrée leidenschaftlich und warf sich dann Claude an den Hals, wobei er ihn voller Begeisterung auf den Mund küßte. Andrée betrachtete die Szene mit einem gewissen Erstaunen.

»Na klar, das sind so welche«, dachte sie.

Und laut, diesmal, fügte sie hinzu:

»Wo ist meine Mutti?«

»Das bin ich, mein Liebstes«, sagte René, der Claude losließ, dafür nun sie ergriff und mit Zärtlichkeiten überhäufte.

»Ach so«, sagte Andrée, nicht allzu überrascht. »Gibt es Rindfleisch?«

»Alles, was du willst, mein Liebestes, meine Freude, mein Glück«, sagte René.

Claude, der von den Küssen, die René seiner neuen Tochter zuteilwerden ließ, etwas betroffen war, versuchte zu scherzen, um seinen Schmerz zu verbergen.

»Rindfleisch?« sagte er. »Hast du nicht schon genug Bullen gehabt?«

Er machte eine scherzhafte Anspielung auf das Kommissariat. Andrée lachte und erklärte es René, der seinerseits lachte. Claude empfand, obwohl mit etwas schweren Herzen, eine melancholische Freude über Renés strahlendes Gesicht.

6

Ihr Leben zu dritt ließ sich leicht organisieren. Es wurde beschlossen, daß Andrée in Renés Zimmer schlafen sollte, was von Claudes abgetrennt war – das war schicklicher. Wenn Claude nun aus seinem Büro heimkehrte, fand er René und seine Tochter immer mit irgendeiner neuen Erfindung beschäftigt vor. Andrée betete ihre Adoptivmutter an, die sie mit einer Schüchternheit, die bei einem jungen Mädchen ihres Alters entschuldbar ist, »Tante René« nannte. Was René anbetrifft, sang er immer wieder lange Lobeshymnen auf Andrée. Man muß schon sagen, daß Andrée bei der guten Behandlung, die

René und Claude ihr angedeihen ließen, eine bezaubernde Person geworden war, sie fiel nicht vom Fleisch, hatte lebhafte Augen und eine spitze Zunge. Claude hatte das wahre Alter ihres Schützlings nicht lange verheimlichen können, aber weit davon entfernt, René zu verstimmen, schien ihm diese Eröffnung eher ein sicheres Gefühl zu verleihen. Jeden Tag gab es neue Geschenke: einen Nagellack, einen Hut, ein Paar schöne Schuhe, Nylonstrümpfe; Andrées Leben war ein immerwährendes Fest geworden. Wenn sie an Renés Arm ihre Einkäufe in den eleganten Geschäften der rue Royale und der rue du Faubourg Saint-Honoré machen ging, waren die Passanten nicht selten von ihrer Grazie und dem Feuer ihrer Blicke so beeindruckt, daß sie sich umdrehten. Ihre lange vernachlässigte Erziehung war auf die vorteilhafteste Art und Weise vervollständigt worden, und ihre etwas rüde Sprache hatte sich durch den Kontakt mit derjenigen der Freunde geglättet. Außerdem schwärmte sie fürs Kino, was eine zusätzliche Verbindung zwischen den drei einander so zugetanen Wesen schaffte.

Nun, da er das wahre Alter seiner Tochter kannte, zögerte René nicht länger, sie in die großen Modehäuser mitzunehmen, vor allem zu Pierre Balpogne, den er im Club Saint-Germain-des-Pieds kennengelernt hatte. Beim Betrachten der Modenschauen entdeckte René in sich eine Neigung zur ›Haute Couture‹. Mehrere Male drapierte er selbst, unter Balpognes Anleitung, die wertvollsten Stoffe um die runden Hüften seiner Adoptivtochter, die im kleinen Spitzenkostüm inmitten der Angestellten stand und die augenscheinlich großes Vergnügen daran fand, sich solchermaßen als Idol ausstaffiert zu sehen. Balpogne ermunterte René nach besten Kräften, und René fühlte sich von diesem charmanten Beruf sehr angezogen, für den seine Natur ihn geradezu prädestinierte. Am Abend, zu Hause, zerstreuten sie Claude, indem sie ihm von den Sitzungen bei Balpogne erzählten. René beschaffte sich etwas Schnittmaterial und einige gute Handbücher, und oftmals zog er, anstatt auszugehen, Andrée in seinem Zimmer aus, um ihr neue Modelle eigener Erfindung anzuprobieren. Andrée zeigte sich zu Beginn sehr enthusiastisch, aber mit der Zeit wurde sie fast schüchtern; wenn René sie behutsam ihres Kleides und ihrer Unterwäsche entledigte, um auf ihr ein Stück schweren Satin-

oder Moiré-Stoffes auszubreiten, senkte sie jetzt den Kopf, hielt ihre Brüste in den Händen versteckt und preßte schamhaft die Oberschenkel zusammen. René, das ist wohl wahr, probierte ihr jetzt die Kleider mit großem Vergnügen an, und seine Hände verweilten etwas, um die Falten des Stoffes auf den rundlichen Formen seiner Adoptivtochter zu glätten. Eines schönen Tages hielt er es nicht mehr aus und küßte sie in derart eindeutiger Manier auf den Mund, daß das junge Mädchen, ganz aufgewühlt, in Erinnerung an wer weiß welche trüben Erfahrungen seines vergangenen Lebens ihm seinen Kuß so leidenschaftlich erwiderte, daß René fast ohnmächtig geworden wäre. Weder der eine noch die andere konnten aufhören, und auf diese Weise berauschten sie sich mehr und mehr an gewagten Zärtlichkeiten, bis sie eine halbe Stunde später aus der Ekstase in den Armen (und Beinen) des anderen wieder erwachten; Andrées erschöpfte Augen zeigten, wieviel Spaß ihr das Ganze gemacht hatte. Und René für seinen Teil hatte nur einen Wunsch: wieder von vorne zu beginnen; was er ihr in den folgenden zwei Stunden auch bewies.

Es erschien schwierig, nunmehr das gewohnte Leben von früher weiterzuführen; René kam abends nun viel seltener zu Claude und hob sich sein ganzes Feuer für Andrée auf; die Übereinkünfte für das gemeinsame Leben und die Tatsache, daß die beiden im gleichen Zimmer schliefen, erleichterten solch sündige Beziehungen. Daneben arbeitete René jetzt mit Balpogne zusammen, der ihn immer noch an seinem Ufer glaubte, ihm die Geheimnisse des Handwerks enthüllte und ihn regelmäßig bezahlte. Andrée war ihrerseits als Mannequin bei Diargent, einer berühmten Modeschneiderin, engagiert worden; und René profitierte von den Informationen, die sie tagtäglich erhielt.

René konnte seine vollzogene Entwicklung und die tiefe Veränderung, die sich in ihm abgespielt hatte, nicht sehr lange vor Claude verbergen. Claude litt sehr unter dieser unverständlichen Situation, und natürlich konnten weder seine Bitten noch seine Drohungen René davon abbringen, von seiner Arbeit mit Andrée zu leben. Sie trennten sich im Frühling des folgenden Jahres. Und, empörende Sache, der Prozeß, den Claude wegen böswilligen Verlassens der ehelichen Gemeinschaft gegen René angestrengt hatte, wurde zugunsten von René entschieden, dem überdies auch noch das Sorgerecht für das Kind zugesprochen wurde. Nur in Frankreich, einem Land, in dem die Moral sich immer mehr zersetzt, können sich solche schrecklichen Dinge vor aller Augen ereignen.

DER IMPOTENTE

1

Allabendlich kam in den Buchladen des Clubs Saint-Germain-des-Prés ein eleganter junger Mann, der sich Aurèle Verkhoïansk nannte und als Existenzialist bezeichnete; daran sieht man, daß er an einem leichten Minderwertigkeitskomplex litt, aber er verbarg ihn nach besten Kräften unter einem bestickten Skapulier und versäumte nicht, sobald ein hübsches Mädchen auf der Bildfläche erschien, ihr den Hintern zu tätscheln und mit ihr so spitz und nasal herumzualbern wie einer, der echt andersrum ist. Aurèle bezog von seinen Eltern einen stattlichen Monatswechsel, dank dessen er sein Studium fast fleißig absolvieren und nichtsdestoweniger im Saint-Germain eine gute Figur abgeben konnte, wo, wer nichts trinkt, schlecht angesehen ist (die Bemühung um Wahrheit gebietet zu sagen, daß es dort schon genügt, Perrier oder ungefährliche Säfte zu trinken, um den Ruf eines Gentleman zu haben: Alkoholismus ist keine Tugend mehr; trinken ist alles, wenn's auch nur Milch ist). Aurèle trank daher oft und hatte sich mit dem Barkeeper Louis Barucq angefreundet, einer ausgesprochen fesselnden Persönlichkeit, dessen Abwesenheit sonntags von den Stammgästen des Buchladens einhellig beklagt wurde; aber deshalb mußte sich Louis ja trotzdem mal ausruhen. Fügen wir noch hinzu, daß die Schwester von Louis, eine berühmte Haarkünstlerin namens Lisette, manchmal in die Bar kam und daß sich Aurèle in sie verliebt hatte; vielleicht liegt hier der Ursprung der Geschichte, die Sie gleich lesen werden; die Diskretion, mit der Aurèle die wahren Gründe für sein unwahrscheinliches Verhalten verbarg, verwehrt es uns jedoch, in dieser Richtung mit der erwünschten Gewißheit Schlüsse zu ziehen.

Eines Abends also quatschte Aurèle, der an der Bar des Buchladens auf einem der hohen grünen Barhocker saß, die immer kaputt sind, mit Louis. Es war elf Uhr, und weil kein Hochbetrieb mehr war, genehmigte sich Louis mit Aurèle einen »Manneskraft mit Erdbeersaft«, der wie der »Alexandra« gemixt wird, nur nimmt man statt Crème de Cacao die gleiche

Menge »Erdbeer-Schlager« aus dem Hause L'Héritier-Guyot; also: ein Drittel Crème fraîche, ein Drittel Cognac, ein Drittel Crème de Fraise, mit Eis in einem Shaker mixen, eingießen und nach Herzenslust pfeffern. Da Crème fraîche schwer zu kriegen war, ersetzte Louis sie durch gezuckerte Kondensmilch, und es wurde nichtsdestoweniger ein erfreuliches Gesöff. Aurèle hatte gerade seinen sechsten »Manneskraft mit Erdbeersaft« drin und begann, seine Nachbarin mit schmachtenden Blicken anzustarren, eine bezaubernde Brünette mit Rehaugen, die allen Ernstes ihren elften Fine trank und sich fragte, wie das wohl enden würde, denn die beiden Freunde die sie begleiteten, waren schon elend besoffen. Als Louis sah, wie die Leidenschaft Aurèles Blick trübte, schaltete er sich ein.

»Fräulein Miranda ...«

»Ja?«, fragte die Schöne, die Miranda Chenillet hieß.

»Darf ich mir erlauben, Ihnen einen meiner treuesten Kunden vorzustellen ...«

»Jetzt mach aber mal einen Punkt«, unterbrach Aurèle, »ich bin der Erfinder des ›Manneskraft mit Erdbeersaft‹, und du nennst mich nicht mal deinen Freund?«

»Oh! Ich bitte um Entschuldigung«, sagte Louis, »aber Fräulein Miranda hat sicher schon verstanden, daß ich ihr nicht irgendjemanden vorstellen würde.«

Aurèle betrachtete mit wachsender Verwirrung das Dekolleté seiner Nachbarin, das den Busen anhob und ohne augenscheinliche Mühe das Mieder hielt.

»Guten Abend«, sagte Miranda und wandte sich Aurèle zu. »Sind Sie besoffen?«

Das schockierte Aurèle ein wenig. Er glaubte, trinkfest wie ein Großer zu sein.

»Sieht man das?« fragte er pikiert.

»Kein bißchen«, sagte Miranda. »Das wollte ich damit nicht sagen, aber die da sind besoffen, und weil mich das nervt, spreche ich darüber.«

Sie zeigte auf ihre Freunde.

»Kurz und gut«, mischte sich Louis ein, geschickt wie immer, »Fräulein Miranda fragt dich, ob du sie nach Hause begleiten könntest.«

»Haben Sie ein großes Bett?« fragte Aurèle Miranda.

Im Saint-Germain-des-Prés kehrt man gern mit Worten den Libertin raus, aber das schockiert keinen.

»Sicher«, antwortete Miranda und ging auf das Spiel ein; »aber wissen Sie, die Sache hat einen Haken, ich bin völlig frigide.«

»Das trifft sich ja gut«, sagte Aurèle und gab sich alle Mühe, seinem Gesicht den Ausdruck des Gleichgesinnten zu verleihen. »Ich bin nämlich impotent. Aber echt, sowas von totaler Impotenz.«

Louis, der ihnen mit einem gütigen Lächeln zuhörte, sah, daß es nicht hätte besser laufen können, und kümmerte sich um das Wohl seiner anderen Gäste.

Aurèle musterte Mirandas Gesicht. Sie hatte einen hübschen, matten Teint, eine leichte Stupsnase, halblange Haare im Gegensatz zur herrschenden Mode, einen kaum konturierten, aber vielleicht gerade deshalb anziehenden Mund. Da er sie hatte gehen sehen, wußte er außerdem, daß sie groß und schlank war, und er stellte in diesem Augenblick fest, daß ihre langen, dünnen Finger nicht den unregelmäßigen Charme des Ganzen beeinträchtigten. Tollkühn geworden durch den »Manneskraft mit Erdbeersaft«, wagte er, sich Mirandas rechter Hand zu bemächtigen und führte sie an seine Lippen. Sie zog ihre Hand nicht zurück.

»Wissen Sie«, sagte er, »daß es köstlich ist, miteinander ins Bett zu gehen, ohne was zu machen?«

»Na klar weiß ich das«, sagte Miranda.

»Der eine neben dem anderen ...«, sagte Aurèle.

»Völlig nackt ...«, sagte Miranda.

»Man berührt sich nicht ...«, sagte Auréle.

»Doch ... man berührt sich kaum ... man streift sich leicht.«

»Man küßt sich nicht«, sagte Auréle.

»Oh doch!« protestierte Miranda. »Man küßt sich die ganze Zeit. Wozu soll das Ganze denn sonst gut sein? Wenn man frigide ist, ist das doch noch lange kein Grund, sich nicht zu küssen ...«

»Aber sonst wird nichts gemacht ...«, versicherte Aurèle.

»Sonst nichts«, bestätigte Miranda.

Aurèle fischte vom Boden seines Glases das kleine Stückchen Eis und hielt es zwischen seinen Fingern fest. Als diese schön kalt waren, trocknete er sie mit seinem Taschentuch ab und sah Miranda an. Es gab da ein Stückchen Haut zwischen dem Kragen ihres Kostüms und ihrem Ohrläppchen. Dorthin setzte er seinen Zeigefinger. Miranda erschauerte heftig und neigte ihren Kopf auf ihre Schulter, um Aurèles Hand einzuklemmen, der schon Anstalten machte, sie zurückzuziehen.

»Das ist die Art Dinge, die ein Impotenter gern tut«, sagte Aurèle. »Denken Sie bloß, daß ich Sie absolut überall so berühren könnte.«

Miranda sah ihn voller Spannung an. Dann zog sie ihn zu sich und pflanzte ihm einen Kuß, Marke unvergeßlich, auf die Lippen, in Technicolor und 3-D, wohlriechend, samten, perfekt.

Aurèle mußte sich eingestehen, daß seine intimen Reaktionen nicht gerade die eines Impotenten waren, aber im Bestreben, einem solch schätzenswerten Mädchen gegenüber mit offenen Karten zu spielen, begann er freiwillig, an Paul Claudel zu denken und beruhigte sich fast augenblicklich. Gide hob er sich für noch schwierigere Momente auf.

»Nun wohl«, sagte er, »im Grunde glaube ich, haben Sie mit der Frigidität und ich mit der Impotenz den wahren Weg zur Wollust gewählt.«

Er war nicht unzufrieden mit seinem Satz, und war es noch weniger, als er sah, daß Miranda aufstand.

»Bringen Sie mich zu mir nach Hause ...«, sagte sie.

Er erhob sich, half ihr in ihren roten Mantel und folgte ihr bis zur Tür, die er weit aufriß.

»Wiedersehen, Louis«, schrie Aurèle.

Dann schwang die Tür des Clubs mit ihren Butzenscheiben auf ihren Platz zurück, und Aurèles letzter Blick galt Tony, einem alten Kunden, der wie immer allein an einem kleinen Tisch saß, ihn mit einem breiten Lächeln anlächelte und sich selbst streng vertrauliche Geschichten erzählte, wobei er voller Überzeugung mit dem Schädel wackelte.

2

»Wir sind da ...«, sagte Miranda.

Das Taxi hielt an. Aurèle bezahlte, gab ein dickes Trinkgeld und holte die Brünette ein, als sie gerade im Treppenhaus angelangt war.

»Ich wohne im dritten Stock«, sagte sie.

»Ausgezeichnet«, sagte Aurèle.

»Sind Sie denn wenigstens auch wirklich impotent?«

»Ich versichere es Ihnen«, sagte Aurèle.

Und er hatte die feste Absicht, anständig zu bleiben. Übrigens hatte sich Paul Claudel noch nie seiner Mission entzogen.

Er folgte Miranda in ihr Schlafzimmer. Dort war es schön warm. Sie entledigte sich ihres Mantels und ihrer Schuhe.

»Wollen Sie etwas trinken? Einen Kaffee?«

»Das hindert mich am Einschlafen«, sagte Aurèle, »und es besteht die Gefahr, daß es mich aufregt.«

»Ziehen Sie sich aus und legen Sie sich ins Bett«, sagte Miranda. »Ich komme gleich nach.«

Aurèle zog seine Schnürsenkel auf und verstaute die Schuhe unterm Bett, dann zog er sein Jackett, seine Krawatte und seine Hose aus, faltete sie auf der Rückenlehne eines Stuhls zusammen und legte Jacke und Krawatte darauf, sein Hemd, seine Strümpfe und seinen Slip Marke Extrahart, und er kam sich sehr ausgezogen vor. Wenn er vermied, an Miranda zu denken, gelang es ihm, in dezentem Zustand zu bleiben, wenn auch wohlproportioniert.

Miranda rief ihn aus dem Badezimmer.

»Liegen Sie schon?«

»Ja«, sagte Aurèle und verkroch sich unter die Bettdecke, zwischen die Laken, um es genau zu sagen.

Miranda kam zurück. Sie war mit einem kleinen Band bekleidet, das ihre glänzenden Haare im Nacken zusammenhielt. Aurèle bemerkte den harten und flachen Bauch, die quicklebendigen Brüste und die Oberschenkel, die, wo sie sich trafen, elegant von einem äußerst gepflegten Astrachan-Dreieck bekleidet waren.

Aurèle, beunruhigt über seinen Compagnon, der dazu ansetzte, mit der Bettdecke Strandzelt zu spielen, beschwor den »Seidenen Schuh« herauf.

Der Zauber wirkte augenblicklich, und der Riemen entspannte sich.

Miranda schlüpfte neben Aurèle.

Ach je, das war für ihn wie ein elektrischer Schlag. Nie hätte er gedacht, daß das Mädchen eine so weiche Haut hatte. Er grunzte.

»Küssen Sie mich«, sagte Miranda. »Wir gehen ja kein Risiko ein, wenn wir uns mal küssen, und sofort will ich noch nicht schlafen.«

Aurèle rückte von ihr ab, so gut er vermochte, und küßte sie schüchtern auf die Wange. Sie nahm seinen Kopf in beide Hände und klebte ihren Mund auf den des jungen Mannes. Aurèle fühlte, wie ein lebhafter Dämon das Gatter seiner Zähne durchdrang und er begann, sich im Geiste den Anfang von »Mariä Verkündigung« aufzusagen.

Das war ein wohltuendes, eisiges Bad für seine erhitzten Lenden. Er wagte, Mirandas Küsse zu erwidern, und merkte, daß sie bei genauerer Analyse noch gewannen. Aber er genoß sie nur mit dem Kopf, sein Körper blieb ruhig.

Miranda versuchte jedoch, sich ihm mehr zu nähern, und Aurèle spürte bereits, wie die harten Spitzen ihrer Brüste seinen Oberkörper streiften.

Daß er bei dieser Berührung lebhaften Genuß empfand, warf sich Aurèle ganz einfach vor, und um sich zu bestrafen, kramte er aus seinem Gedächtnis die ersten Zeilen von »Die enge Pforte« hervor.

Dieses Mal erschien ihm die Wirkung fast zu brutal. Es gab da doch trotz allem eine Steigerung, die man zu respektieren hatte. Er kam zu Claudel zurück, rief sich Hervé Bazin ins Gedächtnis und hob sich Gide als Reserve auf.

Aber Miranda schob einen ihrer langen Oberschenkel zwischen die Kniee Aurèles, der sich dem Tode nahe glaubte. Unerbittlich tauchte sein Sekundant aus dem Schlaf wieder hoch.

Die Dosierung Gide-Claudel war entschieden die schwierigste Operation, die Aurèle je unternommen hatte. Mit großer Mühe erweckte er Nathanaël und »Uns nährt die Erde« zum Leben, konnte aber nur eine vorübergehende Entspannung erzielen.

Miranda flüsterte ihm zärtliche Dinge zu.

»Es ist verrückt, wie gern ich mit einem Impotenten ins Bett gehe«, sagte sie leidenschaftlich neben dem Ohr des Unglücklichen, das sie ganz leicht biß und behutsam küßte.

Aurèle, trunken von so viel Liebe, hätte sich gern auf der Höhe der Situation gezeigt, asexuell wie ein Holzklotz, aber die plötzliche Berührung von Mirandas charmantem Bauch mit dem seinen verringerte die Verwüstungen einer prachtvollen Passage, die den »Falschmünzern« entnommen war, auf ein Nichts. Von nun an entzog sich sein Schlachtroß dem Zügel und versuchte, höchstpersönlich den Platz einzunehmen, auf den es ein Recht zu haben glaubte.

Miranda bemerkte das und protestierte.

»Hören Sie mal, Aurèle, ich hatte Sie für einen ernsthaften jungen Mann gehalten.«

»Aber«, stotterte Aurèle, »Miranda, liebste Freundin, ich schwöre Ihnen, ich tue, was ich kann.«

»Aber wirklich, mein Lieber! ... nehmen Sie doch etwas Brom.«

Worauf sie sich losmachte und dem armen Wortbrüchigen den Rücken zukehrte. Letzte Hoffnung ... Aurèle memorierte »Der Durst« von Herrn Bernstein und konnte, auf der Stelle zu Eis erstarrt, mit augenscheinlich gutem Willen seine Sache vertreten. Er näherte sich Miranda wieder; aber ach, just in der Sekunde, da seine Oberschenkel den charmanten doppelten Erdball streiften, der dazu bestimmt ist, die Barbarei einer sitzenden Haltung abzumildern, die der Natur des Menschen nicht entspricht, der der Länge nach gebaut ist und eigentlich liegend leben müßte, da belebte sich der Rebell von neuem.

Mit einem Gefühl der Lächerlichkeit befreite sich Aurèle aus den Laken und stand auf. Miranda schmollte.

»Miranda, meine Teure«, sagte Aurèle mit größter Offenheit, »ich weiß, wie anwidernd mein Benehmen für Sie ist. Ich schwöre Ihnen, daß es nicht mit Vorbedacht geschah. Nachdem ich kürzlich Grund zur Besorgnis hatte, konnte ich zu Recht annehmen, daß sich mein Körper, wie schon mein Geist, ohne Anstrengung gegen das Tierische der gewöhnlichen körperlichen Liebe auflehnen würde: heute abend nach unserer Begegnung habe ich geglaubt – und glaube weiterhin –, daß die höchste Form der Leidenschaft diejenige ist, die einen Impotenten an eine frigide Frau fesseln kann. Sie sind frigide; eine Frau, so scheint es, erwirbt dabei weniger Verdienste als ein Mann, der gezwungen ist, gegen gewisse nervöse Capricen seines Organismus zu kämpfen, die wirkungsvoll zu verbergen ihm schwerfällt. Aber von nun an werden alle meine Bemühungen auf jene Schlaffheit gerichtet sein, die mich Ihrer Zärtlichkeit würdig macht. Ich verlasse Sie: ich will nicht, daß dieser Abend, der so rein begonnen hat, in der Schande und der widerwärtigen Promiskuität der Geschlechter zu Ende geht. Leben Sie wohl, Miranda – ich handele im Interesse unserer Liebe.«

Er zog sich würdevoll wieder an. Miranda rührte sich nicht, aber als er fertig zum Gehen war, setzte sie sich im Bett auf. Das Licht der Nachttischlampe spielte in ihrem dichten Haar, heiße Schatten werfend, und ihre Brüste, die zu verhüllen ihr als reiner Seele nicht einfiel, zogen mit den Spitzen ihrer rosigen Warzen Liebkosungen so unwiderstehlich an wie ein Blitzableiter den Blitz. Zwei Tränen rollten über ihre matten Wangen, und sie versuchte zu lächeln.

»Aurèle, mein Liebling«, sagte sie, »ich vertraue auf Sie.«

Von den Worten seiner Geliebten entflammt, stürzte Aurèle aus dem Zimmer und schlug sich im Treppenhaus die Schnauze auf, denn es war vier Uhr morgens, und der Strom war längst abgeschaltet.

3

Der Chirurg kratzte sich zweifelnd an der Nase. Die Operation lag etwas außerhalb des Normalen, fand er.

»Mein lieber Herr«, sagte er zu Aurèle, »ich will Ihnen gestehen, daß das, was Sie da von mir verlangen, recht unüblich ist. Sie sind kräftig gebaut«, fügte er hinzu, während er das zwiefache Objekt der Auseinandersetzung in der Hand wog, »und mit diesen Dingern da könnten Sie einen Haufen Kinder haben.«

»Doktor«, sagte Aurèle schlicht, mit einem Schluchzen in der Stimme, »mein Glück hängt davon ab.«

»Aber erlauben Sie die Frage, warum?« sagte der Chirurg und ließ, was er zu operieren verweigerte, nur mit Bedauern wieder los.

Aurèle zog Slip und Hose wieder hoch.

»Die Frau, die ich liebe«, sagte er, »wünscht von einem Impotenten geliebt zu werden.«

Der Doktor kratzte sich am Kopf.

»Ha!« sagte er. »Nun, wenn ich Ihnen das da alles abschneide, werden Sie selbstverständlich zur Fortpflanzung nicht mehr imstande sein, aber das wird nichts daran ändern, daß sie weiterhin alle äußeren Anzeichen der Männlichkeit vorweisen ... wie soll ich sagen ... Manneszierde inbegriffen.«

»Oh!« sagte Aurèle, völlig niedergeschlagen.

»Hören Sie«, sagte der Doktor, »ein gutes Mittelchen ...«

»Nichts beruhigt mich, Doktor«, sagte Aurèle. »Nicht mal Bernstein.«

»Oh«, sagte der Doktor, »ein gutes Gummi, wissen Sie ...«

»Hm ...«, sagte Aurèle.

»Halt«, sagte der Doktor. »Ich habe die Lösung. Bevor Sie zu Ihrer Flamme gehen, gabeln Sie sich doch eine ganz normale Kleine auf und toben Sie sich eine Stunde an ihr aus.«

Aurèle dachte nach.

»Genial!« sagte er. »Für Miranda werde ich es tun.«

4

Miranda empfing ihn in der Haltung der Venus von Botticelli. Zwar fehlte die Jakobsmuschel und die Haare waren kürzer, aber die Illusion war und blieb vollkommen.

Aurèle war gerade dreimal über den Körper einer sanften Freundin gegangen, deren tierische Veranlagung nach gewöhnlicher Liebe verlangte. Er fühlte sich gerädert.

»Liebling!« sagte Miranda, als sie ihn erblickte. »Du bist also soweit!«

Aurèle stieg umgehend ins Bett und kuschelte sich in die

Arme Mirandas, die ihn mit einem gekonnten Kuß fast der Sinne beraubte.

5

Er wachte gegen elf Uhr morgens auf, unsäglich zerschlagen. Er lag allein im Bett.

Fast im gleichen Augenblick sah er sie aus dem Bad kommen. Sie war mit blauen Flecken übersät. Sie warf sich auf ihn.

»Mein Liebster«, sagte sie, »durch dich habe ich das Glück kennengelernt. Komm, wir heiraten!«

»Ich ... was ...«, sagte Aurèle.

»Ich liebe dich«, sagte Miranda. »Weißt du ...«

Sie errötete.

»Weißt du, wie oft du mich heute nacht geliebt hast«, beendete sie.

Aurèle hob verneinend den Kopf, und Miranda hielt beide Hände hoch, mit weggeklappten Daumen.

»Eins, zwei, drei, ... vier ...«, zählte Aurèle.

Bei acht wurde er nachträglich ohnmächtig. Bevor er das Bewußtsein verlor, hörte er gerade noch, wie Miranda ausrief:

»Endlich! Mein Traum wird wahr ... einen Impotenten heiraten!«

Was alles in allem nicht schwierig ist: im Saint-Germain-des-Prés wimmelt es nur so davon, wie diese wahre Geschichte beweist.

EIN GOLDENES HERZ

1

Aulne schlich im Trocknen an den Häuserwänden entlang, und alle paar Schritte sah er mit mißtrauischem Blick hinter sich. Er hatte gerade das goldene Herz von Vater Mimile gestohlen; natürlich hatte er sich dazu gezwungen gesehen, den guten Mann ein wenig auszuweiden, im Besonderen, ihm den Oberkörper mit Sensenhieben aufzuschlitzen, aber wenn es ein goldenes Herz zu erwischen gibt, darf man nicht zimperlich mit den Mitteln sein.

Als er dreihundert Meter zurückgelegt hatte, streifte er deutlich sichtbar seine Diebeskappe ab, warf sie in eine Kloake und ersetzte sie durch den weichen Hut eines Ehrenmannes. Seine Haltung straffte sich; nichtsdestotrotz störte ihn das goldene Herz von Vater Mimile, das noch ganz warm war, denn es schlug störend in seiner Tasche. Überdies hätte er es gerne mit mehr Ruhe betrachtet, denn es war ein Herz, dessen Anblick einem die Fähigkeit, anderen zu schaden, zurückgab.

Eine Kabellänge weiter, in einer Kloake, deren Ausmaße die der ersten noch überstiegen, entledigte sich Aulne der Keule und der Sense. Die beiden Instrumente waren mit verklebten Haaren und mit Blut bedeckt, und da Aulne alle Dinge sorgfältig erledigte, waren sie ohne Zweifel sicher auch voller Fingerabdrücke. Er behielt seine Kleider an, die mit schmierigem Blut verklebt waren, denn die Passanten erwarten von einem Mörder ja schließlich nicht, daß er sich wie alle Welt kleidet, und man muß den Kodex des Milieus respektieren.

Am Taxistand suchte er sich ein sehr auffälliges und einprägsames aus, einen alten Bernazizi, 1923er Modell mit falschem Röhrengeflecht, spitz zulaufendem Hinterteil, einäugigem Chauffeur und halbeingedrückten Stoßstangen hinten. Das himbeerfarben-gelb-gestreifte Verdeck aus Satin gab dem ganzen zusätzlich eine unvergeßliche Note. Aulne stieg ein.

»Wo soll ich hinfahren, Bürger?« fragte der Chauffeur, ein ukrainischer Russe, seinem Akzent nach zu urteilen.

»Fahr um den Häuserblock herum ...«, sagte Aulne.

»Wie oft?«

»So oft, wie du brauchst, um dich von den Bullen erschielen zu lassen.«

»Aha, aha! ...« dachte der Chauffeur hörbar nach. »Gut ... na fein ... mal sehen ... da ich eine Geschwindigkeitsüberschreitung unmöglich begehen kann, fahre ich links, ja?«

»O. K.«, sagte Aulne.

Er nahm das Verdeck herunter und setzte sich so aufrecht wie möglich, damit man das Blut auf seinen Kleidern sah; dies, zusammen mit dem Ehrenmann-Hut würde beweisen, daß er etwas zu verbergen hatte.

Sie drehten zwölf Runden, und er fuhr an einem der Jagdponys vorbei, die auf die Nummer der Polizei eingetragen sind. Das Pony war in eisengrau gestrichen, und das leichte Wägelchen aus Weidengeflecht, das es zog, trug das Stadtwappen. Das Pony witterte den Bernazizi und wieherte.

»Das genügt«, sagte Aulne. »Sie nehmen die Verfolgung auf; fahr rechts, wir wollen ja kein kleines Mädchen überfahren.«

Damit das Pony auch folgen konnte, ohne schnell zu ermüden, stellte der Chauffeur seine Geschwindigkeit aufs Minimum ein. Unbeirrbar dirigierte ihn Aulne; sie näherten sich dem Viertel mit den hohen Häusern.

Ein zweites Pony, ebenfalls grau gestrichen, schloß sich dem ersten bald an. Wie das andere Wägelchen enthielt auch dieses einen Bullen in Galauniform. Die beiden Bullen stimmten miteinander ab, von Wagen zu Wagen, indem sie flüsterten und mit dem Finger auf Aulne zeigten, während die Ponys Seite an Seite trotteten und wie kleine Tauben mit dem Kopf wackelten.

Als er ein Hochhaus mit günstigem Aussehen erblickte, ließ Aulne den Chauffeur anhalten und setzte leichtfüßig mit einem Sprung über die Wagentür des Taxis auf den Bürgersteig, damit die Bullen auch deutlich das Blut auf seinen Kleidern sehen konnten.

Dann stürzte er in das Hochhaus und erreichte den Dienstbotenaufgang.

Ohne sich zu hetzen, stieg er bis zum obersten Stockwerk hoch. Da waren die Zimmer der Dienstmädchen. Der Flur, der mit sechseckiger Terracotta gefliest war, trübte seinen Blick. Es gab zwei Wege, links und rechts. Der linke ging auf den kleinen

Innenhof hinaus, zwischen die Badezimmer und das Ex-und-hopp-Klo. Den schlug er ein. Plötzlich gähnte vor ihm eine ziemlich hohe Dachluke. Darunter war eine kleine Trittleiter aufgepflanzt, wie ein Gestirn. Aulne hörte schon die Schritte der Bullen im Treppenhaus widerhallen. Eilig kletterte er auf das Dach.

Dort holte er tief Luft, um vor der unvermeidlichen Verfolgung zu Atem zu kommen. Die Luft, die er in Massen verschluckte, würde ihm beim Abstieg zustatten kommen.

Er galoppierte auf der sanften Neigung des Mansardengiebels. Am Rande des Steildachs blieb er stehen und drehte sich um, mit dem Rücken ins Leere, dann bückte er sich und bediente sich seiner Hände, um auf beiden Füßen in der jungen Eiche zu landen.

Er passierte die fast senkrechte Seite aus Zink. Der kleine Hof unten schien winzig, mit fünf Mülleimern in Reih und Glied, einem alten Besen wie ein Pinsel und einem Abfallcontainer.

Er mußte an der Wand entlang hinabsteigen und in eines der Badezimmer vom angrenzenden Hochhaus gegenüber eindringen. Dazu benutzte man Krampen, die in die Mauer eingelassen waren, dann klammerte man sich mit beiden Händen an das Fenster und dann machte man einen Klimmzug. Der Beruf eines Mörders ist nicht gerade eine Erholungsreise. Aulne begab sich auf die verrosteten Gitterstäbe.

Oben veranstalteten die Bullen ein Hin und Her und rannten mit ihren Schuhen auf dem Dach im Kreis herum, um den Modellplan der Tonaufnahme von Verfolgungsjagden zu erfüllen, der von der Präfektur festgesetzt worden war.

2

Die Tür war verschlossen, denn die Eltern von Bonbonknacker waren gerade ausgegangen, und Bonbonknacker hütete ganz allein das Haus. Mit sechs Jahren hat man noch keine Zeit dazu, sich in einer Wohnung zu langweilen, wo man Gläser zum Zerdeppern findet, Vorhänge zum Verbrennen, Teppiche, die man mit Tinte beklecksen kann, und Wände, die man mit Fingerabdrücken in allen Schattierungen bedecken kann, eine interessante Anwendung der – sogenannt ungefährlichen – Farben auf das Bertillon'sche System. Wo es überdies noch ein Badezimmer gibt, Wasserhähne, Dinger, die schwimmen ... und, um Stöpsel zu schnitzen, das Rasiermesser seines Vaters mit einer schön scharfen Klinge.

Als er Rufe aus dem kleinen Hof hörte, auf den das Badezimmer ging, öffnete Bonbonknacker die angelehnten Fensterläden, um besser sehen zu können. Vor seiner Nase umklammerten zwei große Männerhände das steinerne Fenstersims; der Kopf Aulnes, von der Anstrengung geschwollen, erschien vor den interessierten Augen von Bonbonknacker.

Aber Aulne hatte von seinen sportlichen Fähigkeiten zuviel erwartet und konnte sich nicht in einem Ruck hochstemmen. Seine Hände hielten gut, und er ließ sich an den Armen herabhängen, um Luft zu holen.

Ganz sanft erhob Bonbonknacker das Rasiermesser, das er immer noch in der Hand hielt, und führte die ausgefahrene Klinge über den weißen und gespannten Gelenken des Mörders hin und her. Dies waren zu große Hände.

Das goldene Herz von Vater Mimile zog Aulne mit aller Kraft zu Boden, und seine Hände bluteten. Eine nach der anderen sprangen die Sehnen wie kleine Gitarrenseiten los. Bei jedem Riß erklang ein schwacher Ton. Auf dem Fensterabsatz blieben zehn kleine, ausgeblutete Fingerglieder zurück. Aus jedem floß noch etwas Blut. Der Körper Aulnes scharrte an der Steinmauer entlang, schlug auf dem Sims des ersten Stockwerks auf und rasselte in den alten Müllcontainer. Man brauchte ihn nur dort zu lassen, die Lumpensammler würden ihn am nächsten Tag mitnehmen.

DER MÖRDER

Es war ein Gefängnis wie alle anderen, eine kleine, zitronengelb gestrichene Strohbaracke mit einem schamlosen Schornstein und einem Dach aus Spargelblättern. Es trug sich irgendwann in alten Zeiten zu; überall waren Kiesel und Gehäuse von Ammoniten, Trilobiten, Stalagpiten und Salpingiten aus der Nach-Eiszeit-Periode. Im Gefängnis hörte man jemanden stockend auf javanesisch schnarchen. Ich trat ein.

Ein Mann lag bewegungslos auf der Holzpritsche und schlief ... Er trug eine kleine blaue Unterhose und wollene Knieschützer. Auf seine linke Schulter war ein Monogramm tätowiert, K. I.

»Oijoijoijoijo!« schrie ich da in sein Ohr.

Sie werden sagen, ich hätte was anderes schreien können, aber es war doch egal, er schlief und konnte nichts hören. Nichtsdestoweniger weckte ihn das auf.

»Bruhhh!« machte er, um sich den Rachen zu polieren. »Welcher Trottel hat die Tür aufgemacht?«

»Ich«, sagte ich.

Natürlich sagte ihm das nicht viel, aber hoffen Sie nicht darauf, selber mehr zu erfahren.

»In dem Augenblick, wo Sie gestehen«, meinte der Mann, »sind Sie auch schuldig.«

»Aber Sie, Sie sind's auch«, sagte ich. »Sonst wären Sie nicht im Gefängnis.«

Es ist ziemlich schwierig, gegen meine absolut teuflische dialektische Logik anzukommen. In diesem Augenblick kam, was die Überraschung verstärkte, eine rote und weiße Krähe durch die kleine Dachluke herein und drehte sieben Runden im Raum. Fast gleich darauf flog sie wieder raus, und ich frage mich zehn Jahre danach immer noch, ob ihr Eingreifen etwas bedeuten sollte.

Der Mann schaute mich matt an und hob den Kopf.

»Ich heiße Kain«, sagte er.

»Ich kann lesen«, antwortete ich. »Stimmt die Geschichte mit dem Auge eigentlich?«

»Denken Sie!« antwortete er. »Das ist eine Erfindung von Yvan Audouard, dem Wortklauber.«

»Aug in Aug – aufs Wort pariert?« fragte ich.

Er lachte schallend.

»Guck an!« sagte er. »Das ist ein Witz!«

Ich errötete bescheiden.

»Ich vermute, Sie wollen mich fragen, warum ich Abel in seine Einzelteile zerlegt habe?« fuhr Kain fort.

»Mein Gott! ...« sagte ich. »Die Version der Zeitungen erscheint mir zweifelhaft.«

»Die sind alle gleich«, sagte Kain. »Alles Lügner und Co. Man erzählt ihnen was, sie kapieren's nicht, und obendrein kann man es schlecht lesen, weil sie wie die Säue schreiben. Fügen Sie noch die Zwischeninstanz des verantwortlichen Redakteurs und der Tippsen hinzu, dann sehen Sie, wohin das führt.«

»Zur Sache«, sagte ich. »Die Wahrheit über die Affäre.«

»Abel?« fragte Kain. »Das war eine ekelhafte Drecksache.«

»Eine?« wunderte ich mich.

»Ganz genau«, sagte Kain. »Das verblüfft Sie vielleicht? Wollen Sie jetzt auch Paul Claudel spielen und mir erzählen, Sie hätten von den Neigungen Herrn Gides nichts gewußt, nachdem Sie vierzig Jahre lang mit ihm im Briefwechsel gestanden haben?«

»Ach, und das wäre der Grund dafür«, fragte ich, »daß Gide den NAbel-Preis bekommen hat?«

»Richtig!« sagte Kain. »Aber ich werd's Ihnen erzählen.«

»Besteht keine Gefahr, daß wir vom Wärter unterbrochen werden?« fragte ich.

»Wo denken Sie hin«, sagte Kain. »Der weiß ganz genau, daß ich keine Lust habe, hier wegzugehen. Was sollte ich auch draußen machen? Es gibt überall nur noch Schwule.«

»Ach ja«, sagte ich. »Das stimmt.«

»Also«, nahm Kain den Faden wieder auf, wobei er sich bequem auf seinem Lager aus hartem Holz ausstreckte, »Sie wissen ja, wann es geschah, und Abel und ich, wir waren eher dicke Freunde. Sehen Sie mich an, ich bin eher einer von der behaarten Sorte ...«

In der Tat war Kain mit einem schwarzen, dichten Pelz

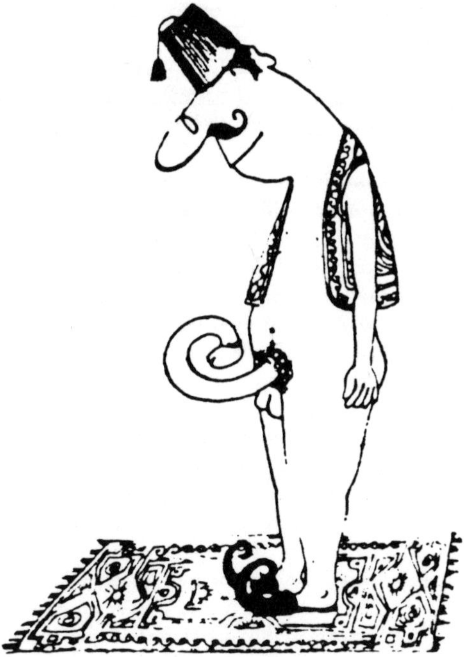

bedeckt, muskulös wie ein Bär und gutgebaut, der Typ eines Achtzig-Kilo-Catchers.

»... von der behaarten Sorte ...«, sagte Kain, »ich kam bei den Mädchen ganz gut an und hatte sonntags nie Langeweile. Mit Brüderchen war das etwas anderes ...«

»Abel?« sagte ich.

»Abel. Meines Erachtens war er ein Halbbruder«, sagte Kain. »Ich habe Bilder von der Schlange gesehen ... das war auch eine wüste Tunte, die ... naja, jedenfalls war er das, wie er leibt und lebt. Es würde mich nur halbwegs wundern, wenn die Alte nicht mit diesem säuischen Mehlwurm über den Zaun gegangen wäre ... um mal Abwechslung ins Vergnügen zu bringen, nicht?! Es war vielleicht ja auch nicht Abels Schuld, wenn er so war, wie er war, aber jedenfalls waren wir uns nicht gerade ähnlich, er hatte süße, blonde Haare, daß man vom Stengel fiel, er war blaß, nett, sympathisch, und er stank nach Parfum, die Sau, daß ein Stinktier daran krepiert wäre. Als wir noch klein waren, da ging es noch, wir haben Räuber und Gendarm gespielt, und damit Punktum. Keine Hintergedanken, verstehen Sie; das kam erst später. Wir schliefen in derselben Falle, hausten in derselben Bude, fraßen vom selben Teller, wir waren unzertrennlich. Für mich, sehen Sie, war er ein bißchen mein Mädchen. Ich hätschelte ihn, ich kämmte ihm seine süßen, blonden Haare, naja wir waren eben beide unheimlich lieb zueinander. Ich muß Ihnen gestehen«, fuhr Kain fort, nachdem er sich unterbrochen hatte, um angewidert zu schniefen, »ich muß Ihnen gestehen, daß es ihn arg gestört hat, den Saukerl, als ich eines Tages anfing, auf die Mäuse spitz zu werden. Aber er traute sich nichts zu sagen. Ich habe gedacht, daß er Zeit hätte, es zu lernen, und nachdem ich ihm zwei-dreimal vorgeschlagen hatte, ihm eine Freundin zu suchen, habe ich damit aufgehört, als ich sah, daß ihn das nicht interessierte ... Er war noch nicht so weit entwickelt wie ich ...«

»Gewiß«, stimmte ich zu. »Übrigens hat das ja auch alle Welt offen betont, und das ist es auch, was man Ihnen vorwirft. Sie waren dreimal so stark.«

»Was man mir vorwirft!« explodierte Kain. »Das war doch eine feige Drecksau, dieser kleine Haufen Scheiße!«

»Beruhigen Sie sich!« sagte ich.

»Gut«, sagte Kain. »Nun ja, er hat es jedenfalls gemacht, wenn ich von Zeit zu Zeit zu ihm sagte: ›Abel, ich hab ne Puppe, verdufte aus der Bude, ich brauch die Flohkiste.‹ Natürlich ging er los und kam nach zwei Stunden wieder. Wissen Sie, ich machte das abends, ich hatte keine Lust, daß jeder gleich rumtratscht im Dorf. Er verdrückte sich also im Dunkeln, und wenn die Maus ihn die Hütte verlassen gesehen hatte, ging sie an seiner Stelle rein. In der Nacht, nichts gesehen, nichts gewußt ...«

»Das war aber doch etwas unangenehm für ihn«, gab ich zu bedenken.

»Was denn!« protestierte Kain. »Ich war ja bereit, es genauso zu machen!«

Er fing an zu fluchen.

»Diese Sau, dieses Schandweib!« schloß er. »Eines Abends sag ich ihm also: ›Abel, mach die Fliege, ich erwarte eine.‹ Er verduftet, ich warte. Das Mädchen kommt rein. Ich rühr mich nicht. Sie kommt an, fängt an, mich zu bedienen ... Sie können sich das nicht vorstellen. Ich bin völlig platt, weil sie nämlich eher so'n Kopftyp war. Ich mach also die Kerze an ... und da seh ich, daß es dieser Dreck von einem Brüderchen war ... Ohh! ... War ich sauer!«

»Sie mußten ihm einfach die Fresse polieren!« sagte ich.

»Ja, das hab ich dann auch gemacht«, sagte Kain. »Und da sehen Sie, was mir das eingebracht hat. Vielleicht hab ich ja ein bißchen zu fest zugeschlagen ... aber was wollen Sie ... ich kann diese Trinen einfach nicht verknusen.«

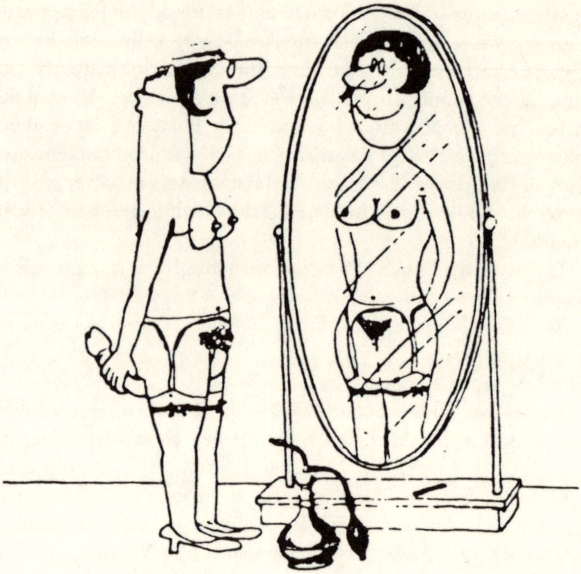

LIEBE IST BLIND

1

Am fünften August um acht Uhr morgens war die Stadt in Nebel gehüllt. Da er leicht war, störte er die Atmung nicht weiter und er trat in selten dichter Form auf; außerdem wirkte er stark blau gefärbt.

Er senkte sich teppichartig, in parallelen Schichten; zunächst bildete er zwanzig Zentimeter über dem Erdboden Schäfchen, und man ging umher, ohne seine Füße zu sehen. Eine Frau, die in der rue Saint-Braquemart 22 wohnte, ließ in dem Moment, als sie ihre Haustür öffnete, ihren Schlüsselbund fallen und konnte ihn nicht wiederfinden. Sechs Personen, darunter ein Baby, kamen ihr zu Hilfe; inzwischen kam die zweite Nebelwolkenschicht herunter, und der Schlüssel wurde wiedergefunden, aber das Baby nicht, das im Schutz der Wettererscheinung das Weite gesucht hatte, ungeduldig darauf aus, dem Fläschchen zu entkommen und die heiteren Freuden von Heirat und geregeltem Leben kennenzulernen. Dreizehnhundertzweiundsechzig Schlüssel und vierzehn Hunde kamen auf diese Weise am ersten Vormittag abhanden. Da sie es satt hatten, weiterhin vergeblich auf ihre Korkschwimmer aufzupassen, drehten die Angler durch und gingen auf die Jagd.

Der Nebel ballte sich in beträchtlicher Dichte am Fuße abschüssiger Straßen und an den Kreuzungen; in Form langer Pfeile zog er in Kanallöcher und Luftschächte; er drang in die Gänge der Metro ein, die ihren Betrieb einstellte, als die milchige Woge die Höhe der Ampeln erreichte; doch in diesem Augenblick bereits hatte sich gerade die dritte Nebelwolkenschicht herabgesenkt, und draußen badete man bis zu den Knieen in weißer Nacht.

Die Bewohner der höher gelegenen Stadtteile spotteten über die am Flußufer, weil sie sich für begünstigt hielten, aber nach einer Woche waren alle wieder ausgesöhnt und konnten sich in gleicher Weise an ihren Möbeln den Schädel einrennen; denn der Nebel hatte sich bis zur Spitze der höchsten Gebäude ausgebreitet. Und wenn auch das Glockentürmchen des Eiffelturms erst ganz zuletzt verschwand, ließ ihn dennoch der unaufhörliche Druck der dichten Nebelflut vollständig untertauchen.

2

Orvert Latuile erwachte am dreizehnten August aus einem dreihundertstündigen Schlaf; er löste sich aus einem etwas schweren Rausch und wähnte sich zunächst einmal blind; daß hieß allerdings dem Sprit, den man ihm serviert hatte, allzu viel Ehre antun.

Es war Nacht, jedoch eine Nacht anderer Art; denn mit offenen Augen hatte er den Eindruck, den man empfindet, wenn der Strahl einer elektrischen Lampe auf die geschlossenen Augenlider fällt. Mit ungeschickter Hand suchte er den Radioknopf. Er ging, und die Nachrichten verschafften ihm halbwegs Klarheit.

Ohne weiter die müßigen Kommentare des Schpiekers zu beachten, dachte Orvert Latuile nach, kratzte sich am Nabel und stellte an seinen Nägeln riechend fest, daß ihm ein Bad guttun würde; aber die Bequemlichkeit dieses Nebels, der sich über alles geworfen hatte, wie Noahs Mantel über Noah oder wie das Elend über die armselige Welt oder wie der Schleier der Tanit über Salammbô oder wie eine Katze über eine Geige, ließ ihn auf die Nutzlosigkeit eines Bades schließen. Dieser Nebel verströmte übrigens einen zarten, schwindsüchtigen Aprikosenduft und sollte die persönlichen unangenehmen Körperausdünstungen abtöten. Außerdem leitete er gut den Ton, und Geräusche bekamen, in dieser Watte verpackt, einen seltsamen Nachhall, klar und rein wie die Stimme eines lyrischen Soprans, dessen durch den unglücklichen Fall auf einen Pflugsterz zersplitterter Gaumen durch einen in Silber geschmiedeten Prothesenapparat ersetzt worden war.

Zunächst befreite Orvert seinen Verstand von allen Problemen und dann entschied er, so zu tun, als ob nichts wäre. Als Folge davon zog er sich ohne Mühe an, denn seine Kleider lagen ordentlich an ihrem Platz; das heißt, einiges auf Stühlen, anderes unterm Bett, die Socken in den Schuhen, ein Schuh in einer Vase und der andere unterm Nachttopf.

»Mein Gott«, sagte er sich, »was ist dieser Nebel doch für eine lustige Sache.«

Diese Überlegung ohne große Originalität rettete ihn vor Lob, gewöhnlichem Enthusiasmus, vor Traurigkeit und düsterer Melancholie, indem er das Phänomen in die Kategorie der ganz einfach konstatierten Dinge einordnete. Aber er wurde allmählich kühner und gewöhnte sich an das Ungewöhnliche, so daß er nun auch einige menschliche Erfahrungen ins Auge fassen konnte.

»Ich gehe runter zu meiner Wirtin und lasse meinen Hosenstall offen«, sagte er. »Dann wird sich herausstellen, ob es Nebel ist oder ob es an meinen Augen liegt.«

Denn der cartesianische Geist des Franzosen veranlaßt ihn dazu, das Vorhandensein eines dichten Nebels zu bezweifeln, selbst wenn dieser reicht, ihm die Sicht zu nehmen; und was man im Radio sagen mag, wird kaum seine Entscheidung dahingehend beeinflussen, daß er auf das Ungewöhnliche schließt. Beim Radio sitzen nur Plattköpfe.

»Ich hole ihn raus«, sagte Orvert, »und ich gehe so hinunter.«

Er holte ihn raus und ging so hinunter. Zum ersten Mal in seinem Leben bemerkte er das Knarren der ersten Stufe, das Krächzen der zweiten, das Quietschen der vierten, das Knacken der siebten, das Rascheln der zehnten, das Zischeln der vierzehnten, das Gesäusel der siebzehnten, das Geluschel der zweiundzwanzigsten und das Geächze des von seinem Endträger abgeschraubten Treppenstücks aus Messing.

Er kreuzte jemanden, der hochkam und sich an der Wand hielt.

»Wer da?« sagte er und blieb stehen.

»Lerond!« antwortete Monsieur Lerond, der Mieter von gegenüber.

»Guten Tag«, sagte Orvert. »Hier Latuile.«

Er streckte die Hand aus und begegnete etwas Hartem, das er erstaunt wieder losließ. Lerond lachte verlegen.

»Entschuldigen Sie bitte«, sagte er, »aber man sieht hier nichts, und dieser Nebel ist verteufelt heiß.«

»Das stimmt«, sagte Orvert.

An seinen offenen Hosenstall denkend, ärgerte es ihn, festzustellen, daß Lerond die gleiche Idee wie er gehabt hatte.

»Also, auf Wiedersehen«, sagte Lerond.

»Auf Wiedersehen«, sagte Orvert, während er heimlich die drei Haken seines Gürtels aufmachte.

Seine Hose fiel ihm auf die Füße, und er hob sie auf, dann warf er sie ins Treppenhaus runter. Es stimmte wirklich, dieser Nebel war heiß wie eine fiebrige Wachtel; und wenn Lerond mit seinem Bauchladen im Freien herumlief, dann konnte doch Orvert nicht so angezogen bleiben? Alles oder nichts.

Seine Jacke und sein Hemd flogen fort. Seine Schuhe behielt er an.

Als er am Treppenende ankam, klopfte er leise an die Scheibe der Pförtnerloge.

»Herein«, sagte die Stimme der Klatschtante.

»Ist Post für mich da?« fragte Orvert.

»Oh, Monsieur Latuile!« lachte die dicke Dame, die immer zum Scherzen aufgelegt war, laut auf ... »Na, haben Sie gut geschlafen? Ich habe Sie nicht stören wollen ... aber Sie hätten die ersten Tage dieses Nebels erleben sollen! ... Alle spielten verrückt. Und jetzt ... Nun ja, man gewöhnt sich dran ...«

An dem durchdringenden Parfüm, dem es gelang, die milchige Schranke zu überwinden, merkte er, daß sie ihm näher kam.

»Nur ist es nicht gerade sehr bequem, sich sein Essen zuzubereiten«, sagte sie. »Aber er ist lustig, dieser Nebel ... er nährt seinen Mann sozusagen; ich, wissen Sie, ich bin ja ein kräftiger Esser ... na, und seit gut drei Tagen nun, ein Glas Wasser, ein Kanten Brot, und ich bin zufrieden.«

»Sie werden abmagern«, sagte Orvert.

»Ah! ah!« gluckste sie mit ihrem Lachen wie ein Sack Nüsse, der vom sechsten Stock die Treppe runter fällt. »Fühlen Sie, Monsieur Orvert, ich bin noch nie so in Form gewesen. Selbst meine Wölbungen streffen sich. Fühlen Sie ...«

»Aber ..., hm ...« sagte Orvert.

»Fühlen Sie, sage ich Ihnen.«

Sie nahm seine Hand, wo sie sie vermutete und legte sie auf die Spitze einer der besagten Wölbungen.

»Erstaunlich«, konstatierte Orvert.

»Und ich bin zweiundvierzig Jahre alt«, sagte die Wirtin. »Ah! Würde man auch nicht meinen, was? ... jene, die wie ich ein bißchen kräftig sind, sind in gewissem Sinne bevorzugt ...«

»Aber was denn!« sagte Orvert überrascht ... »Sie sind ja ganz nackt! ...«

»Nun ja, und Sie!« sagte sie.

»Stimmt«, sagte sich Orvert. »Was für einen komischen Einfall habe ich denn da gehabt?«

»Im Radio hamse gesagt«, fuhr die Wirtin fort, »daß es sich um ein aphrobumsiakisches Aerosol handelt.«

»Ah!« ... sagte Orvert; die Wirtin kam heftig atmend zum Kontakt, und er hatte einen Moment das Gefühl, von diesem verdammten Nebel genarrt worden zu sein.

»Hören Sie, Madame Panuche«, bat er flehend. »Wir sind doch keine Tiere. Wenn das ein aphrodisiakischer Nebel ist, dann muß man sich verdammt noch mal zurückhalten.«

»Oh, oh!« sagte Madame Panuche mit von Seufzern unterbrochener Stimme, und sie führte ihre Hände an die richtige Stelle.

»Mir soll es recht sein«, sagte Orvert mit Würde. »Finden Sie sich allein zurecht, ich kümmere mich um nichts.«

»Schon gut«, brummelte die Wirtin, ohne die Fassung zu verlieren, »Monsieur Lerond ist da viel liebenswürdiger als Sie. Bei Ihnen muß man ja die ganze Arbeit allein machen.«

»Hören Sie«, sagte Orvert, »heute bin ich aufgewacht ... Ich bin nicht in Übung.«

»Ich werde es Ihnen beibringen«, sagte die Wirtin.

Dann ereigneten sich Dinge, über die man besser den Mantel der armseligen Welt wirft, wie über das Elend von Noah, von Salammbô und vom Schleier der Tanit.

Orvert verließ die Pförtnerloge sehr munter. Draußen spitzte er die Ohren. Das war es, was fehlte: der Autolärm. Aber unzählige Lieder waren zu hören. Lachen verbreitete sich überall.

Ein bißchen benommen, bewegte er sich auf der Landstraße vorwärts. Seine Ohren waren nicht an einen Klanghorizont von solcher Tiefe gewöhnt, er verlor sich ein wenig darin. Er merkte, daß er laut nachdachte.

»Mein Gott«, sagte er. »Ein aphrodisiakischer Nebel!«

Wie man sieht, unterscheiden sich die infrage kommenden Überlegungen wenig. Aber man muß sich an die Stelle eines Menschen versetzen, der elf Tage lang schläft; der dann in totaler Finsternis aufwacht, die durch eine Art zügelloser allgemeiner Vergiftung noch kompliziert wird, der feststellt, daß seine fette, nicht mehr ganz junge Wirtin sich in eine Walküre mit spitzen und üppigen Brüsten verwandelt hat, eine gierige Circe in einer Höhle unvorhergesehener Lüste.

»Verdammt«, sagte Orvert noch, um seinen Gedanken zu verdeutlichen.

Als er auf einmal merkte, daß er mitten auf der Straße stand, bekam er Angst und ging rückwärts bis zur Mauer, deren Sims er ungeführ hundert Meter weit folgte. Eben dort war die Bäckerei. Eingefleischte Hygiene veranlaßte ihn dazu, nach jeder größeren körperlichen Anstrengung etwas Nahrung zu sich zu nehmen, und er ging hinein, um ein Brötchen zu essen.

Es war sehr laut im Laden.

Orvert war ein Mann mit wenig Vorurteilen, aber nachdem ihm klar war, was die Bäckerin von jedem Kunden und der Bäcker von jeder Kundin verlangte, fühlte er, wie ihm die Haare zu Berge standen.

»Wenn ich Ihnen ein Zweipfundbrot gebe«, sagte die Bäkkersfrau, »habe ich, Teufel nochmal, das Recht, von Ihnen das entsprechende Format zu verlangen.«

»Aber Madame«, protestierte das helle Organ eines kleinen Greises, in dem Orvert Monsieur Pfeifensorger erkannte, den alten Organisten, der am Ende der Uferpromenade wohnte. »... Aber Madame.«

»Und Sie wollen Rohrorgel spielen!« ... sagte die Bäckersfrau.

Monsieur Pfeifensorger wurde böse.

»Ich werde Ihnen meine Orgel vorbeischicken«, sagte er stolz und begab sich zum Ausgang, aber dort stand Orvert, und der Zusammenstoß nahm ihm die Luft.

»Der Nächste, bitte«, kreischte die Bäckersfrau.

»Ich möchte ein Brot«, sagte Orvert mit Mühe, während er sich den Magen massierte.

»Ein Vierpfundbrot für Monsieur Latuile!« tobte die Bäkkersfrau.

»Nein, nein!« stöhnte Orvert, »nur ein Brötchen«.

»Sie Flegel«, sagte die Bäckersfrau.

Und, zu ihrem Gatten gewandt:

»Du, Lucien, nimm ihn dir mal vor, das wird ihm eine Lehre sein.«

Orvert sträubten sich die Haare, er machte sich fluchtartig auf die Beine und rannte direkt in eine Vitrine. Sie hielt stand.

Er tastete sich um sie herum und gelangte endlich hinaus. In der Bäckerei ging die Orgie weiter. Der Bäckerjunge beschäftigte sich mit den Kindern.

»Zum Henker nochmal«, schimpfte Orvert auf dem Bürgersteig. »Wenn ich nun mal lieber selbst meine Wahl treffe? Mit dem Maul, das diese Bäckerin hat ...«

Und dann fiel ihm die Konditorei hinter der Brücke ein. Das Serviermädchen dort war siebzehn, sie hatte einen herzförmigen Mund, und sie trug eine kleine gemusterte Schürze ... vielleicht hatte sie nur ihre kleine Schürze an ...

Orvert ging mit großen Schritten zur Konditorei. Dreimal fiel er über ineinander verschlungene Körper, deren Stellungen zu merken er keine Lust hatte. Aber mindestens in einem Fall waren es fünf.

»Rom«, murmelte er. »Quo vadis! Fabiola! et cum spirituo tuo! Orgien! Oh!«

Er rieb sich den Kopf, denn er hatte sich als Folge seines Kontaktes mit der Vitrine ein Straußenei der Spitzenklasse eingehandelt. Und er beschleunigte seinen Schritt, denn ein Anwesendes, das Teil seiner Person war, ihm aber ein gutes Stück vorauseilte, stachelte ihn an, so schnell wie möglich hinzukommen.

Im Glauben, sich dem Ziel zu nähern, bemühte er sich, wieder dichter an die Häuser heranzugehen, um sich dem Tastsinn zu überlassen. Er erkannte das Schaufenster des Antiquars an einer runden Platte aus verschraubtem Sperrholz, das die eine der gesprungenen Fensterscheiben sicherte. Zwei Häuser weiter war die Konditorei.

Und er stieß mit voller Wucht mit einem unbeweglichen Körper zusammen, der ihm den Rücken zugewandt hatte. Er stieß einen Schrei aus.

»Nicht stoßen«, sagte eine tiefe Stimme, »und bemühen Sie

sich gefälligst, mir das Ding da vom Arsch wegzunehmen, wenn ich Ihnen nicht das Maul stopfen soll ...«

»Aber ... also ... was glauben Sie denn?« sagte Orvert.

Er wandte sich zum Überholen nach links. Der nächste Zusammenstoß.

»Was soll das?« fragte eine andere Männerstimme. »Stellen Sie sich an, wie jeder hier.«

Großes Gelächter.

»Wie bitte?« fragte Orvert.

»Na klar«, sagte eine dritte Stimme, »Sie kommen ganz bestimmt wegen Nelly.«

»Ja«, stotterte Orvert.

»Dann stellen Sie sich gefälligst hinten an«, sagte der Mann. »Wir sind schon sechzig.«

Orvert antwortete nichts. Er war völlig niedergeschlagen.

Er machte sich wieder auf den Weg, ohne zu wissen, ob sie ihre kleine gemusterte Schürze anhatte.

Er bog in die erste Straße links ein. Eine Frau kam in umgekehrter Richtung.

Sie fielen beide sitzend hin.

»Ich bitte um Entschuldigung«, sagte Orvert.

»Es war meine Schuld«, sagte die Frau. »Sie hielten sich rechts.«

»Darf ich Ihnen auf die Beine helfen?« sagte Orvert. »Sie sind allein, ja?«

»Und Sie?« sagte sie. »Sie werden sich doch nicht zu fünft oder sechst auf mich stürzen?«

»Sie sind doch eine Frau?« fuhr Orvert fort.

»Überzeugen Sie sich selbst«, sagte sie.

Sie hatten sich einander genähert, und Orvert fühlte an seiner Wange langes und seidiges Haar. Sie knieten einer vor dem andern.

»Wo kann man ungestört sein?« fragte er.

»Mitten auf der Straße«, sagte die Frau.

Sie begaben sich dorthin, sich vom Rand des Bürgersteigs aus hintastend.

»Ich bin scharf auf Sie«, sagte Orvert.

»Ich auch auf Sie«, sagte die Frau. »Ich heiße ...«

Orvert unterbrach sie.

»Das ist mir egal«, sagte er. »Ich will nur wissen, was meine Hände und mein Körper wissen werden.«

»Bedienen Sie sich«, sagte die Frau.

»Natürlich«, stellte Orvert fest, »sie haben weiter nichts an.«

»Sie auch nicht«, sagte sie.

Er schmiegte sich an sie.

»Wir haben keine Eile«, sagte sie. »Beginnen Sie bei den Füßen und kommen Sie dann langsam höher.«

Orvert war schockiert. Er sagte es.

»Auf diese Weise erleben Sie alles bewußter«, sagte die Frau. »Wir haben nur mehr, wie Sie selbst sagten, die Möglichkeit der Erforschung unserer Haut zur Verfügung. Vergessen Sie nicht, daß ich keine Angst mehr vor Ihrem Blick habe. Mit ihrer erotischen Autonomie ist es aus. Seien wir freimütig und direkt.«

»Sie formulieren gut«, sagte Orvert.

»Ich lese *Les Temps Modernes*«, sagte die Frau. »Also los, vollziehen Sie rasch meine sexuelle Initiation.«

Was Orvert zu zahlreichen Wiederholungen und unterschiedlichen Methoden stimulierte. Sie besaß unzweifelhafte Fähigkeiten, und der Bereich des Möglichen erweitert sich, wenn man keine Angst hat, daß es hell wird. Und schließlich, es gibt da keine Abnutzungserscheinungen. Der Unterricht, den Orvert ihr in zwei oder drei nicht zu verachtenden Kunstkniffen erteilte und die Praxis einer mehrmals wiederholten symmetrischen Verbindung brachte Vertrauen in ihre Beziehungen.

Es herrschte ein einfaches und süßes Leben, das die Menschen der Erscheinung des Gottes Pan ähnlich machte.

3

Unterdessen gab das Radio bekannt, daß Wissenschaftler einen regelmäßigen Rückgang des Phänomens beobachteten und daß die Nebeldecke von Tag zu Tag dünner werde.

Da die Bedrohung immens war, gab es eine große Ratsversammlung. Man fand aber schnell eine Lösung, denn der Genius des Menschen tritt in tausenderlei Schattierungen auf, und als der Nebel sich auflöste, was Spezialmeßgeräte anzeigten, konnte das Leben glücklich weitergehen, denn alle hatten sich die Augen ausgestochen.

DER VOYEUR

1

Es schien, als hätten die Urlauber in jenem Jahr Vallyeuse zugunsten belebterer Orte gemieden. Der Schnee auf dem kleinen Pfad, dem einzigen Zugang zum Dorf, blieb unberührt, und die Fensterläden des »Hotels«, wenn man das winzige Chalet aus rotem Holz, das den Elfensprung überragte, mit diesem Namen zieren kann, schienen an die Fenster geklebt zu sein.

Im Winter war Vallyeuse in einem lethargischen Schlaf versunken. Man hatte aus diesem abgelegenen Ort nie ein modisches Wintersportziel machen können: er kam nicht an. Einige Werbeschilder, Spuren dieser Versuche, bekannt zu werden, verunstalteten eine Zeitlang die heftige und großartige Landschaft des Dreischwesterntals; aber der Wind und der Regen, die so unermüdlich und tückisch ihr Werk tun, daß mit der Zeit selbst die härtesten Felsen verwittern, machten aus ihnen wieder Holzplanken, die sich mit Moos überzogen und in das wilde Aussehen des Tals einpaßten. Die hohe Lage des Ortes mußte selbst die Hartnäckigsten entmutigen; den anderen bot er nicht den bequemen Komfort der Skilifte, der Seilbahnen und der Paläste, die für die planmäßige Ausbeutung der Brieftaschen gedacht sind. Der Flecken Vallyeuse selbst verstreute seine vier oder fünf Häuser sechs Kilometer vom Chalet entfernt in einem vom Berg verborgenen Winkel so gut, daß die Reisenden, die im Hotel abstiegen, sich ans Ende der Welt verschlagen glauben konnten, auf einen fremden Kontinent, und sich ganz überrascht zeigten, wenn sie feststellten, daß der Empfangschef des Hotels schließlich doch die gleiche Sprache sprach wie sie. Sprach ... wenn man das so sagen kann ... denn dieser schweigsame Mann mit dem von den langen Touren durch den Schnee wettergegerbten Gesicht sprach noch nicht einmal drei Worte pro Tag. Sein Empfang war übrigens so reserviert, sein Mangel an Begeisterung so auffällig für jeden, der versuchte, sich bei ihm häuslich einzurichten, daß die Einsamkeit und Ruhe des Ortes sich leicht erklären ließen; nur die wirklichen Fanatiker konnten sich mit einer solch kühlen Aufnahme abfinden. Zudem rechtfertigten die schwindelerregenden Steilhänge – sie waren die Belohnung, die den Ausdauernden vorbehalten blieb und schienen ausgesprochen für Schnelligkeit berechnet zu sein – dieses Durchhaltevermögen und beglückten mit ihrem vollkommenen Schnee die Waghalsigen, die sich so weit von den modischen Orten weg vorgetraut hatten.

Jean erblickte das Hotel vom Gipfel des steilen Hangs aus, den er gerade erklommen hatte, keuchend von den zusammentreffenden Auswirkungen seiner Skier, des schweren Koffers und der Höhe. Das hier war schon das, was man ihm versprochen hatte: der einzigartige Ausblick, die Einsamkeit, die schneidende Luft, die einem wild ins Gesicht peitschte, trotz der Sonne, die von allen Seiten auf einen strahlte. Er blieb stehen und wischte sich die Stirn. Ohne sich um den Wind zu kümmern, war er nackt bis zum Gürtel, und seine Haut färbte sich unter den starken Strahlen des blendenden Balls kupferrot. Er beschleunigte den Schritt, als er das Ziel so nahe sah. Seine Schuhe sanken tief in den Schnee ein und drückten die Zackenlinie seiner Gummisohlen darauf. Der Schatten am Rande der Eindrücke war von einem leichten Blau wie blasses Wasser. Eine überschäumende Freude bemächtigte sich seiner, die Freude, die man bei der Berührung mit einer unbestreitbaren Reinheit empfindet, Freude über all dieses Weiß, über diesen Himmel des Mittelmeers, über diese Tannen, die schwer waren von Puderzucker, und über das Chalet aus rotem Holz, das man sich warm und behaglich vorstellte, mit einem großen, weißen, steinernen Kamin, wo Holzscheite ohne Rauch verglühen mußten in einem orangefarbenen dichten Feuer.

Einige Meter vom Hotel entfernt machte Jean halt, knotete die Ärmel des dicken Pullovers auseinander, den er an seinen Gürtel gebunden hatte, und zog sich wieder an, bevor er eintrat. Dann lehnte er seine Skier gegen die Hauswand, ließ seinen Koffer stehen und sprang in drei Schritten die Holzstufen hoch, die über eine Art Balkon – der in ein Meter Höhe um das ganze Haus lief – zum Eingang des Chalets führten.

Ohne zu klopfen, drückte er die Eisenklinke und trat ein.

Im Chalet war es dunkel. Die Fenster, die ziemlich klein waren und so die Kraft der Kälte verminderten, ließen gerade eben genug Licht ein, um die Kupfergegenstände, die die Wände verzierten, im Vorbeigehen kurz aufblitzen zu lassen. Ganz allmählich gewöhnte man sich jedoch an die fast vollständige Dunkelheit; aber jedesmal, wenn man hinausblickte, blinzelte man, geblendet von der Kraft der Sonne auf der silbrigen Schneedecke, und hatte Mühe, sich wieder an die etwas geheimnisvolle Stille des Hotels zu gewöhnen.

Es herrschte eine angenehme Wärme; eine tückische Betäubung ergriff einen, lud dazu ein, sich in einem der Sessel aus knarrendem Korbweidengeflecht auszustrecken, eines der Bücher zu nehmen, welche die Regale auf halber Höhe zierten, und allmählich unter dem Knacken des roten und lackierten Tannenholzes, mit dem der ganze Raum getäfelt war, einzunicken. Jean entspannte sich, überwältigt von der Atmosphäre dieses niedrigen Raumes mit den massiven Deckenbalken.

In der darüberliegenden Etage gab es ein Geräusch von Schritten, im hallenden Treppenhaus ein Hinunterpurzeln, Gelächter, und drei Mädchen in Skikleidung sausten wie der Wirbelwind vor ihm her, so schnell, daß er kaum Zeit hatte, sie anzusehen. Unter den Kapuzen ihrer schwarzen Anoraks leuchteten ihre Augen alle mit dem gleichen gesunden Glanz. Ihre Haut, von der Sonne geglättet, machte Lust darauf, hineinzubeißen. Alle drei erschienen in Keilhosen, die schwarz waren wie die Anoraks, geschmeidig und kräftig wie junge, freie, wilde Tiere. Sie verschwanden durch die Tür, die, kaum geöffnet, wieder zufiel, wobei sie auf Jeans Augen die Spur des sonnenüberfluteten Schnees hinterließ, der ihn blendete.

Jean schüttelte sich und wandte seinen Blick der Treppe zu, der er sich näherte. Kein anderes Geräusch als das Wasser, das irgendwo auf einem Herd sang.

»Ist da jemand?«

Seine Stimme hallte von den Wänden wider, und niemand antwortete. Ohne sich zu wundern, wiederholte er seine Frage.

Dieses Mal antwortete ein langsamer Schritt auf seinen Ruf. Ein Mann kam die Treppe herunter. Blond, eher hochgewachsen, um die Vierzig, mit der Hautfarbe der Leute aus den Bergen, aus dessen Gesicht überraschenderweise ein Blick von zu hellem Blau hervorschoß.

»Guten Tag«, sagte Jean. »Kann ich ein Zimmer bekommen?«

»Warum nicht?« sagte der Mann.

»Welches sind Ihre Bedingungen?« fragte Jean.

»Das ist nicht wichtig.«

»Ich habe nicht viel Geld.«

»Ich auch nicht«, sagte der Mann. »Sonst wäre ich nicht hier. 600 Francs pro Tag?«

»Aber das ist doch nicht genug ...«, protestierte Jean.

»Oh!« sagte der andere, »so angenehm werden Sie es nicht finden ... Ich heiße Gilbert.«

»Ich Jean.«

Sie schüttelten einander die Hände.

»Kommen Sie herauf«, sagte Gilbert, »und suchen Sie sich eins aus. Alles ist frei, außer Nr. 5 und Nr. 6.«

»Die drei Mädchen, die gerade heruntergekommen sind?« fragte Jean.

»Genau«, sagte Gilbert.

Jean ging wieder hinaus und nahm seinen Koffer. Er war verbeult, als hätte ihm jemand einen Tritt mit eisenbeschlagenen Schuhen versetzt, und das Leder war verschrammt und rauh. Er zog die Schultern hoch, nahm den Koffer und stieg die wurmstichige Stiege wieder hoch. Von neuem roch er den Wachs- und Lackgeruch des Chalets und hörte das Murmeln des Wassers. Er fühlte sich zuhause. Fröhlich sprang er in vier Sätzen die gerade Treppe hoch, die zur ersten Etage führte.

2

Schnell lernte er ihre Namen: Leni, Laurence und Luce. Leni war die Blondeste, eine lange Österreicherin mit schmalen Hüften und aufreizenden Brüsten, sie hatte eine gerade Nase, die ihre Stirn verlängerte, ein etwas rundes Gesicht mit einem verächtlichen Mund und hohen Backenknochen, eher russisch als deutsch. Laurence, brünett mit harten, umrandeten Augen, Luce, geziert bis in die Fingerspitzen, waren auch jede auf ihre Art reizvolle Geschöpfe; seltsamerweise schienen sie alle drei nach dem gleichen Modell gebaut, Diana als junges Mädchen, muskulös, etwas jungenhaft aussehend – bis man sich ausführlicher damit beschäftigte, ihre Brüste mit den faszinierenden

Rundungen auszumachen, deren scharfe Spitzen den leichten Stoff der Anoraks aus schwarzer Seide hielten. Zwischen Jean und den drei Mädchen war von Anfang an Kriegszustand. Ohne daß er gewußt hätte, warum, hatten sie vom ersten Tage an verweigert, ihn zuzulassen, und beschlossen, ihm das Leben schwerzumachen. Sie beunruhigten ihn mit ihrer offenen Verachtung und Herablassung, bleiben all seinem Entgegenkommen gegenüber verschlossen, was soweit ging, daß sie solch einfache Gesten verweigerten wie die, einander bei Tisch das Brot zu reichen oder das Salz weiterzugeben. Jean, der die ersten Tage peinlich berührt war, bekam von Gilbert keinerlei Aufklärung. Gilbert lebte allein in seinem Arbeitszimmer im ersten Stock, das er nur für ausgedehnte Bergtouren verließ. Ein altes Ehepaar, Leute aus den Bergen, sorgte für den Unterhalt des Hauses und seiner Bewohner. Die Tage flossen dahin, ohne daß sich eine Seele blicken ließ, außer diesen sieben Gestalten.

Er sah sie sehr selten außerhalb der Essenszeiten. Sie standen früh auf und brachen, schnell marschbereit, in die Berge auf, mit ihren Skiern und Skistöcken bewaffnet. Am Abend kamen sie zurück, mit roten und glühenden Wangen, sterbensmüde, und brachten, bevor sie wieder auf ihre Zimmer gingen, eine Stunde damit zu, ihre nach Wunsch glatten, verbogenen, harten Bretter für die Aufstiege des nächsten Tages zu wachsen. Jean, der von dieser Haltung etwas verletzt war, insistierte nicht und wich ihnen aus, soweit das möglich war. Er brach seinerseits auf, wobei er für gewöhnlich eine Richtung wählte, die der ihrigen entgegengesetzt war. Es gab zahlreiche Hänge, er hatte eine reiche Auswahl. Allein erklomm er schräg die abgerundeten Flanken des Berges, um sie kurz darauf wieder hinabzufahren, zwischen dem seidigen Spritzen des Schnees und dem sanften Reiben der wogenden Hickorys; er kurvte und schwang am Rande von schwindelerregenden Abgründen hin und her und kam schließlich, trunken von der frischen Luft, im Hotel an. Sein Herz klopfte heftig, er war glücklich und erschöpft. Seit acht Tagen war er im Hotel, und, da er einmal wieder angefangen hatte, begann er schnell Fortschritte zu machen, kontrollierte jeden Muskelreiz, jedes Umsetzen der Skistöcke, pflegte seinen Stil und stählte seine Muskeln. Die Zeit verging, sachlich, schnell; es waren Ferien.

3

Er war an jenem Morgen sehr früh aufgebrochen; er hatte vor, das Dreischwesterntal zu erreichen, das am Horizont seine großartige Landschaft entfaltete. Er mühte sich allein am Berg ab, kam von Kamm zu Kamm voran, um nach jeder Bodenwelle zwischen den ruhigen Tannen mit den wattebeschwerten Zweigen wieder hinabzusausen. Ein besonders steiler Hang reizte ihn. Er machte eine Schußfahrt, und der Wind pfiff in seinen Ohren. Er fuhr hinab, über seine Skier gebeugt, sein ganzes Gewicht nach vorn verlagert, und ließ hinter sich eine doppelte Spur zurück, gerade wie ein Altweibersommer-Faden. Der etwas klebrige Schnee bremste stellenweise.

Er überquerte eine Kuppe, und ihm wurde klar, daß er nicht weiterkommen würde. Hinter der Kuppe fiel eine Schlucht steil ab, zweifellos ein Bachbett, voller fester, junger Tannenstämme. Er hätte nach links schwenken müssen, aber er fuhr so schnell. Es war aber auch unvorsichtig, dermaßen auf einer unbekannten Piste loszurasen. Wie aus Reflex stützte er sich stärker auf den rechten Ski, versuchte vorbeizukommen; aber der Hang unterhalb der Schlucht war nur mit jungen Tannen bewachsen und so steil, daß er nur leicht zur Seite schwang. Mit vollem Schwung knallte er an einen vorstehenden Ast, machte eine verzweifelte Anstrengung, den Wurzeln der nächsten Tanne auszuweichen und stürzte; durch die Gewalt des Aufpralls verlor er das Bewußtsein,

Als er wieder zu sich kam, erkannte Jean, daß die geplante Tour hier zu Ende sein würde. Seine beiden Skispitzen waren abgebrochen, die Bretter unbrauchbar. Im übrigen verursachte ihm einer seiner Knöchel ungeheure Schmerzen. Indem er die Metallklappen seiner Bindegurte löste, versuchte er mehr schlecht als recht, sich den Knöchel zu umwickeln. Er fand seine Stöcke zehn Meter weiter wieder und nahm, holperdistolper, den Rückweg auf. Er hatte fünf bis sechs Stunden vor sich.

Beim Gehen schloß er die Augen halb, um den grellen Schein, der ihn blendete, abzumildern. Er stützte sich auf seine Stöcke, um den Knöchel nicht zu belasten, und kam äußerst langsam voran. Alle hundert Meter hielt er an, um zu verschnaufen.

Er erreichte einen Höhenkamm, den er zwei Stunden vorher

mit einem einzigen Schwung überwunden hatte, als er, von einer ziemlich weit entfernten Bewegung angezogen, halt machte. Drei dunkle Umrisse kamen am Fuße des Kamms auf Skiern vorbei, sie folgtem dem Flußbett.

Ohne zu wissen warum, duckte sich Jean. Zwischen ihm und ihnen – denn es waren seine drei Nachbarinnen aus dem Hotel – waren 200 Meter Luftlinie. Er drehte sich auf der Stelle, während er ihnen mit den Augen folgte. Sie glitten hinter den Tannen durch, und eine kleine Anhöhe verbarg sie einen Moment lang. Sie tauchten nicht wieder auf. Jean schlich vorsichtig in ihre Richtung.

Er war nicht auf den Schock vorbereitet, den er erlitt, als sein Kopf schließlich vorsichtig das Feld überblickte, auf dem sie sich tummelten, und er duckte sich noch tiefer in das dichte, kalte Schneebett, um nicht gesehen zu werden. Leni, Luce und Laurence standen nackt im Schnee. Luce und Laurence umringten ihre Gefährtin und bückten sich, nahmen mit vollen Händen das eisige Pulver, um Leni damit abzureiben, eine Statue aus Gold und Stolz inmitten der weißen Wüste. Jean fühlte es heiß in seinen Adern rinnen. Die drei Mädchen spielten, tanzten, rannten, geschmeidig wie wilde Tiere, für kurze Balgereien augenblickslang ineinander verschlungen. Sie schienen sich immer mehr zu erregen bei diesem Spiel. Plötzlich ergriff Luce von hinten Laurence und brachte sie ins Schwanken, dann fiel sie der Länge nach hin. Leni warf sich neben Laurence auf die Kniee, und Jean sah, wie ihre Lippen schnell den ganzen Körper der Brünetten entlangglitten, die unbeweglich liegenblieb. Luce ihrerseits ließ sie nun los und streckte sich neben ihr aus. Einen Augenblick später konnte Jean nur noch ein Wirrwarr von Körpern ausmachen, in dem seine geblendeten Augen nichts mehr unterscheiden konnten. Keuchend wandte er den Kopf ab. Dann, unfähig zu widerstehen, kehrte er gierig zu dem Schauspiel zurück, das vor ihm abrollte.

Wie lange sah er ihnen zu? Eine kleine Schneeflocke, die auf seiner Hand zerschellte, ließ ihn erschauern. Der Himmel hatte sich plötzlich zugezogen. Die drei Mädchen lösten sich voneinander und liefen zu ihren Kleidern. Jean, der sich seiner gefährlichen Lage bewußt war, hielt den Atem an und wollte sich zurückziehen. Er versuchte, sein beschädigtes Bein zu bewegen,

GUIGNOL

und der Schmerz in seinem Knöchel war so stark, daß ihm, obwohl er sich zusammenriß, ein Stöhnen entfuhr.

Wie aufgeschreckte Rehe drehten sich Luce und Leni in seine Richtung und witterten die Luft. Mit ihren verwuschelten Haaren und ihren harmonischen Bewegungen hatten sie das Aussehen von Bacchantinnen. Mit großen Schritten kamen sie auf ihn zu. Jean erhob sich, mit schmerzverzerrtem Gesicht.

Sie erkannten ihn und wurden blaß. Lenis dunkle Lippen zogen sich zusammen, und sie ließ einen Fluch los. Jean versuchte, sich zu rechtfertigen.

»Es ist nur ein Zufall«, sagte er. »Ich habe ihn nicht gesucht.

»Ein Zufall zuviel«, sagte Luce.

»Lenis Arm schwang, und ihre kleine harte Faust schlug Jean auf den Mund. Seine Lippe platzte auf, und heißes Blut floß über sein Kinn.

»Ich habe mir den Knöchel verstaucht«, sagte Jean, »und meine Skier sind zerbrochen. Wenn eine von Ihnen mir einen Ski leihen könnte, werde ich ohne Hilfe ins Hotel zurückkehren können.«

Luce hielt einen Skistock mit einem schweren Ledergriff. Ihre Hand glitt bis zum Aluminiumring hinab. Mit aller Kraft schwang sie den Griff und versetzte Jean damit einen Schlag auf die Schläfe. Er fiel betäubt auf die Knie und sackte in den Schnee. Laurence kam hinzu. Schnell und ohne sich abzusprechen, entkleideten sie den bewegungslosen Körper. Sie pflanzten seine beiden Stöcke über Kreuz auf, banden seine Handgelenke daran und richteten ihn wieder auf. Er war auf den Knieen, den Kopf nach vorn gebeugt. Ein großer roter Tropfen fiel aus seinem linken Nasenloch und vereinigte sich mit dem Blut von seiner Lippe. Letzt häuften Luce und Leni den Schnee mit vollen Händen um Jeans Leiche.

Als der Schneemann fertig war, fielen schwere Flocken, gedrängt wie dichter Nebel. Jeans Gesicht war durch eine große Nase aus Schnee verborgen. Leni krönte zu aller Lächerlichkeit die groteske Gestalt noch mit einer Mütze aus schwarzer Wolle. In den Mund bekam er eine goldene Zigarettenspitze. Dann gingen die drei Frauen unter der weißen Woge den Weg nach Vallyeuse zurück.

EINE PEINLICHE GESCHICHTE

Das gelbliche Signal der Straßenlaterne leuchtete in der schwarzen, glasigen Leere des Fensters auf; es war sechs Uhr abends. Ouen schaute auf und seufzte. Die Konstruktion seiner Wortfalle machte kaum Fortschritte.

Er mochte diese Fensterscheiben ohne Vorhänge nicht. Aber Vorhänge haßte er noch mehr und er verdammte die fade Architektur der zu Wohnzwecken dienenden Gebäude, die seit Jahrtausenden von Löchern durchdrungen wurden. Schweren Herzens ging er wieder an seine Arbeit; es handelte sich darum, schnell den Zusammenbau der Zahnräder des Zerstücklers zu beenden, mit dessen Hilfe die Sätze in Worte zerlegt werden konnten, bevor letztere eingefangen wurden. Er hatte sich die Arbeit fast grundlos erschwert, weil er sich weigerte, die Konjunktionen als richtige Wörter anzusehen; er stritt ihrer Trokkenheit das Recht auf diese edle Bezeichnung ab und schied sie aus, um sie in den wackelnden Büchsen zu sammeln, wo sich schon die Punkte, die Kommas und die anderen Satzzeichen häuften, bevor sie mit einem Filter ausgesondert wurden. Ein ganz gewöhnliches Verfahren, kein ausgefallener Mechanismus, aber er war schwierig zu regulieren. Ouen scheuerte sich dabei die Fingerspitzen ganz wund.

Gleichwohl hatte er zuviel gearbeitet. Er legte die feine goldene Federzange hin, ließ mit einer Kontraktion des Wangenknochens die Lupe, die er in sein Augenrund eingeklemmt hatte, herausspringen, und er stand auf. Seine Glieder brauchten plötzlich Entspannung. Er fühlte sich stark und aufgewühlt. Frische Luft würde ihm gut tun.

Das Trottoir des verlassenen Gäßchens rutschte ihm unter seinen Füßen weg; Ouen ärgerte sich, obwohl er daran gewöhnt war, immer noch über diese allzu verschlagene Heimlichtuerei. Er verließ es und begab sich an den Straßenrand, der mit Sandstein gepflastert und im Schein von Halogenlampen von dem schmierigen Band eines bald versickerten Bachs gesäumt war.

Gehen tat ihm gut, und die Luft, die an seinen Nasenwänden emporstieg, um in umgekehrter Richtung durch die Windungen seines Gehirns zu streichen, entspannte nach und nach dieses schwere, voluminöse und zweigeteilte Organ. Das ist die bekannte Wirkung; Ouen wunderte sich jedesmal darüber.

Weil er mit permanenter Naivität begabt war, lebte er intensiver als die andern.

Als er am Ende der kurzen Sackgasse angelangt war, zögerte er, denn da war eine Kreuzung. Außerstande, eine Richtung zu wählen, ging er geradeaus weiter; weder für backbord noch für steuerbord sprachen irgendwelche Gründe. Der geradeaus gehende Weg führte direkt zur Brücke; er konnte das Wasser des heutigen Tages betrachten, dessen Aussehen sich gewiß kaum von dem des Vortages unterschied; aber das äußere Erscheinungsbild des Wassers ist nur eine seiner tausend Eigenschaften.

So wie die Sackgasse war auch die Straße leer, von dumpfem, gelblichen Licht gefleckt, dessen marmorierte Struktur den Asphalt in Salamander verwandelte. Es ging leicht bergauf, bis zum Scheitelpunkt des versteinerten Bogens, der über den Fluß geschlagen war, um ihn unablässig zu verschlingen. Ouen würde sich über das Geländer lehnen, unter dem Vorbehalt, daß sowohl flußauf- als auch flußabwärts keine Beobachter wären; wenn schon jemand da war, um den Fluß zu betrachten, wäre es überflüssig, jenen gierig ineinander verschränkten Gesichtskegeln noch einen Blick hinzuzufügen. Es würde genügen, zur nächsten Brücke weiterzugehen, die immer leer war, denn da kriegte man den Milchschorf.

Zwei junge Geistliche, die die Leere der Straße zu Schwärze verdichteten, gingen verstohlen vorrüber; von Zeit zu Zeit blieben sie stehen, um sich unter den Schattengewölben der Toreinfahrten leidenschaftlich zu küssen. Ouen fühlte sich gerührt. Es war wirklich eine gute Idee gewesen, einen Spaziergang zu machen; man sah auf der Straße höchst ergötzliche Szenen. Er ging leichten Schrittes und löste sofort in Gedanken die letzten Schwierigkeiten beim Zusammensetzen seiner Wortfalle; eine Kinderei imgrunde: mit ein bißchen Sorgfalt wäre es ganz sicher möglich, die Worte zu beherrschen, plattzuwalzen, zu zerschmettern, zu zerstückeln, zu zerfetzen, mit einem Wort: sie zum Verschwinden zu bringen.

Dann kam ein General vorbei; er führte an einer ledernen Leine einen vor Wut schäumenden Gefangenen; damit er den General auf keinen Fall verletzen würde, hatte man ihn gefesselt, und seine Hände waren hinter seinem Hals zusammengebunden. Wenn er seinen Unmut bekunden wollte, zog der General an der Leine, und der Gefangene mußte in den Schlamm beißen. Der General ging schnell; er hatte sein Tagewerk hinter sich und begab sich nachhause, um seine Buchstabensuppe zu verschlingen. Wie jeden Abend würde er seinen Namen auf dem Tellerrand dreimal so schnell wie der Gefangene zusammensetzen, und unter den wütenden Blicken dieses letzteren würde er zwei Portionen Suppe verschlingen. Der Gefangene hatte keine Chance: Er hieß Joseph Ulrich Saxakrammerigothensburg, während der General Pol hieß; aber Ouen konnte dieses Detail nicht erraten. Er interessierte sich indessen für die kleinen Lackstiefel des Generals und dachte, daß ihm an der Stelle des Gefangenen nicht wohl wäre. An der des Generals übrigens auch nicht; aber der Gefangene hatte sich seine Rolle, ganz im Gegensatz zum General, nicht ausgesucht; und zudem findet man nicht immer Anwärter für die Tätigkeit eines Gefangenen, während man ein üppiges Angebot hat, um Kloputzer, Polypen, Richter und Generäle zu rekrutieren: Beweis dafür, daß die schmutzigsten Arbeiten zweifellos ihre Reize haben. Ouen verlor sich in einer weitläufigen Betrachtung über die benachteiligten Berufe. Gewiß war es zehnmal besser, Wortfallen zu bauen, als General zu sein. Zehn schien sogar ein eher zu mickriger Faktor. Macht nichts: Das Prinzip stimmte.

Die Widerlager der Brücke waren voll mit Teleskopscheinwerfern von schöner Wirkung und obendrein geeignet, die Schiffahrt zu lenken. Ouen schätzte ihren Wert genau ab und ging vorüber, ohne sie zu beachten. Er sah das Ziel seines Spaziergangs und beschleunigte seinen Schritt. Irgendetwas machte ihm neugierig. Auf der einen Seite der Brücke überragte ein eigenartig kurzes Schattenbild das Geländer. Er rannte. Ein junges Mädchen stand da auf einem kleinen, gekehlten Gesims, das zum reibungslosen Abfluß der Luftfeuchtigkeit mit einer Traufe ausgestattet war. Sie schien zu zögern, sich ins Wasser zu stürzen. Ouen lehnte sich hinter ihr auf das Geländer.

»Ich bin bereit«, sagte er. »Jetzt können Sie springen.«

Sie schaute ihn unentschlossen an. Es war ein hübsches Mädchen mit beigefarbenen Haar.

»Ich frage mich, ob ich flußauf- oder flußabwärts von der Brücke hineinspringen soll«, sagte sie. »Flußaufwärts habe ich natürlich die Chance, von der Strömung ergriffen und gegen einen Pfeiler geschleudert zu werden. Flußabwärts profitiere ich von den Strudeln. Aber es kann sein, daß ich, vom Untertauchen benommen, mich an den Pfeiler klammere. Im ersten und im zweiten Fall werde ich zu sehen sein, und ich lenke wahrscheinlich die Aufmerksamkeit eines Retters auf mich.«

»Das Problem verdient einiges Nachdenken«, sagte Ouen, »und ich kann Ihnen nur recht geben, daß Sie es so ernsthaft angehen wollen. Natürlich stehe ich Ihnen voll und ganz zur Verfügung, um Ihnen bei der Lösung zu helfen.«

»Sie sind sehr liebenswürdig«, sagte das Mädchen mit seinem roten Mund. »Das Ganze belastet mich so, daß ich nicht mehr weiß, was ich davon halten soll.«

»Wir könnten dies in einem Café genauer untersuchen«, sagte Ouen. »Ich diskutiere schlecht, wenn ich nichts zu trinken habe. Kann ich Ihnen irgendwas anbieten? Das würde Ihnen vielleicht eine spätere Blutstockung leichter erträglich machen.«

»Sehr gern«, sagte das junge Mädchen.

Ouen half ihr auf die Brücke zurück und konstatierte bei dieser Handlung, daß sie einen Körper besaß, der an den am weitesten vorstehenden, also verwundbarsten Stellen tückisch runde Formen hatte. Er machte ihr dazu ein Kompliment.

»Ich weiß, daß ich rot werden müßte«, sagte sie, »aber im Grunde haben Sie völlig recht. Ich bin sehr gut gebaut. Schauen Sie sich lieber meine Beine an.«

Sie hob ihren Flanellrock, und Ouen konnte nach Lust und Laune die Beine und die nicht vorgetäuschte Blondheit begutachten.

»Ich verstehe, was Sie sagen wollen«, antwortete er mit leicht hervorquellenden Augen. »Gut! Trinken wir ein Glas, und wenn wir zu einer Klärung gekommen sind, kommen wir hierher zurück, und Sie springen auf der richtigen Seite hinunter.«

Sie gingen Arm in Arm davon, synchron, beide sehr fröhlich. Sie sagte ihm ihren Namen, Flavie, und dieser Beweis von

Aufrichtigkeit vermehrte noch das Interesse, das er ihr bereits entgegenbrachte.

Als sie schön im Warmen saßen, in einem bescheidenen Etablissement, wo die Matrosen und ihre Schleppkähne verkehrten, nahm sie die Unterhaltung wieder auf.

»Ich möchte nicht«, begann sie, »daß Sie mich für ein einfältiges Ding halten, aber die Ungewißheit, die ich bei der Wahl der Richtung meines Selbstmordes empfand, habe ich schon immer gehabt; es war also Zeit, daß ich wenigstens dieses Mal die Schwierigkeiten beseitigte. Wenn nicht, bin ich meinen ganzen Tod lang eine blöde Gans, ein Schwächling.«

»Das Übel kommt daher«, räumte Ouen ein, »daß es nicht immer eine ungerade Zahl möglicher Lösungen gibt. In Ihrem Fall scheint weder flußaufwärts noch flußabwärts befriedigend zu sein. Doch kann man dem nicht entgehen. Wo auch immer eine Brücke über einen Fluß führt, entstehen diese beiden Richtungen.«

»Ausgenommen an der Quelle«, bemerkte Flavie.

»Das stimmt«, sagte Ouen, von solcher Geistesgegenwart entzückt. »Aber die Quellen der Flüsse sind in der Regel wenig tief.«

»Das ist ja eben das Dumme«, sagte Flavie.

»Doch bliebe noch die Möglichkeit, eine Hängebrücke in Betracht zu ziehen«, sagte Ouen.

»Ich frage mich, ob das nicht leicht gemogelt wäre.«

»Und um auf die Quellen zurückzukommen: die der Touvre besonders haben eine Strömung, die für jeden einfachen Selbstmord ausreicht.«

»Das ist zu weit«, sagte sie.

»In der Gegend der Charente«, stellte Ouen fest.

»Wenn es zur Arbeit wird«, sagte Flavie, »wenn man, um sich zu ertränken, soviel Aufwand betreiben muß wie für das übrige, ist das zum Verzweifeln. Man könnte sich umbringen.«

»Warum denn«, sagte Ouen, den die Frage beschäftigte, »warum diese unwiderrufliche Tat?«

»Eine ganz und gar peinliche Geschichte«, antwortete Flavie, indem sie eine einsame Träne abwischte, von der in der Tat eine störende Asymmetrie herrührte.

»Ich brenne darauf, sie zu hören«, gestand Ouen.

»Ich werde sie Ihnen erzählen.«

Er wußte die Bescheidenheit von Flavie zu schätzen. Sie ließ sich nicht bitten, ihr Schicksal zu erzählen. Zweifellos war ihr die herausragende Bedeutung einer solchen vertraulichen Mitteilung bewußt. Er stellte sich auf einen ziemlich langen Bericht ein: ein hübsches Mädchen hat gewöhnlich Gelegenheit zu zahlreichen Kontakten mit ihresgleichen, genau wie eine Marmeladeschnitte mehr Chancen hat, etwas über Anatomie und Sitten der Zweiflügler in Erfahrung zu bringen, als ein unansehnlicher pickliger Kieselstein. Folglich würde die Lebensgeschichte Flavies zweifellos reichlich mit Fakten und Ereignissen gespickt sein, aus denen sich eine nützliche Moral ableiten ließe. Für Ouen nützlich, selbstverständlich: eine persönliche Morallehre gilt nur für jemanden anders, denn man kennt selber allzugut die geheimen Gründe, die einen bestimmen, sie derart verkürzt, verfälscht, zurechtgestutzt darzubieten.

»Ich wurde vor nun schon zweiundzwanzig achtzwölftel Jahren geboren«, begann Flavie, »in einem kleinen normannischen Schlößchen nicht weit von Quettehou. Mein Vater, ehemals Professor für gutes Benehmen am Institut von Mademoiselle Désir, hatte sich dorthin zurückgezogen, nachdem er ein Vermögen erworben hatte, um ungestört seine Kammerfrau und die Früchte harter mühseliger Arbeit zu genießen; meine Mutter, eine seiner ehemaligen Schülerinnen, die zu verführen ihn viel Mühe gekostet hatte – denn er war sehr häßlich –, war ihm nicht dorthin gefolgt und lebte in Paris in wechselndem Konkubinat mit einem Erzbischof und einem Polizeikommissar. Mein Vater, ein wilder Antiklerikaler, wußte nichts von der Liaison meiner Mutter mit ersterem, sonst hätte er die Scheidung verlangt; aber er freute sich über die Halb-Verwandtschaft, die ihn mit dem Spürhund verband, denn sie gestattete ihm, diesen ehrenwerten Beamten mit seinem Spott zu demütigen, weil er sich mit dem von ihm Verschmähten begnügte. Mein Vater besaß andererseits ein beachtliches Vermögen in Gestalt eines Grundstücks (das er von seinem Großvater erhalten hatte), das in Paris an der Place de l'Opéra gelegen war. Es gefiel ihm, sich sonntags dorthin zu begeben, um dort vor der Nase und zum Ärger der Autobusschaffner Artischocken anzupflanzen. Wie sie sehen, verachtete mein Vater die Uniform in all ihren Erscheinungsformen.«

»Aber Sie, da drin«, sagte Ouen, der sich des Gefühls nicht erwehren konnte, daß sie den Faden verlor.

»Ja natürlich.«

Sie trank einen Schluck des grünen Getränks. Und dann begann sie plötzlich lautlos zu weinen, wie ein idealer Wasserhahn. Sie schien verzweifelt. Sie mußte es wirklich sein. Bewegt ergriff Ouen ihre Hand. Er ließ sie sogleich wieder los, denn er wußte nicht, was er damit anfangen sollte. Inzwischen beruhigte sich Flavie.

»Ich bin eine blöde Göre«, sagte sie.

»Nicht doch«, protestierte Ouen, der sie gegen sich selber sehr streng fand. »Ich hatte Unrecht, Sie zu unterbrechen.«

»Ich habe Ihnen ein Lügengewebe aufgetischt«, sagte sie. »Aus bloßem Stolz. Der Erzbischof war in Wirklichkeit nur ein einfacher Bischof und der Kommissar ein Verkehrspolizist. Was mich anbetrifft, so bin ich Näherin und finde kaum mein Auskommen. Kundinnen kommen selten und sind boshaft, die wahre Pest. Man könnte glauben, daß es sie freut, zu sehen, wie ich mich abrackere. Ich habe kein Geld, ich habe Hunger und bin unglücklich. Und mein Freund sitzt im Gefängnis. Er hat einer ausländischen Macht Geheimnisse verkauft, aber er hat sie über dem tariflich festgesetzten Preis verkauft, und man hat ihn eingesperrt. Der Steuereinnehmer verlangt immer mehr Geld von mir; es ist mein Onkel; wenn er seine Spielschulden nicht bezahlt, sind meine Tante und ihre sechs Kinder ruiniert; stellen Sie sich vor, das älteste ist fünfunddreißig! Wenn Sie wüßten, was das in diesem Alter ißt!«

Sie schluchzte bitter, völlig gebrochen.

»Tag und Nacht muß ich sticheln, ohne Erfolg, weil ich nicht einmal genug habe, um eine Rolle Garn zu kaufen.«

Ouen wußte nicht, was er sagen sollte. Er klopfte ihr auf die Schulter und dachte, daß man ihr neuen Mut machen müsse; aber wie? Das geht nicht mit Draufpusten. Das heißt ... hat das denn jemals einer versucht?

Er pustete.

»Was haben Sie?« fragte das Mädchen.

»Nichts, ich seufzte. Ihre Geschichte betrübt mich zutiefst.«

»Oh«, fuhr sie fort, »all das ist noch gar nichts. Ich wage kaum, Ihnen das schlimmste zu erzählen.«

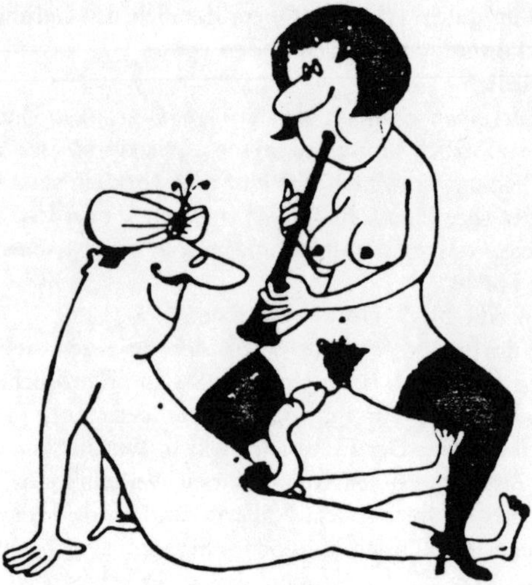

Liebevoll streichelte er ihr einen Schenkel.

»Vertrauen Sie sich mir an; das erleichtert.«

»Erleichtert Sie das? Ja?«

»Mein Gott«, sagte er, »man behauptet das jedenfalls. Das ist sehr allgemein gesprochen, ich gebe es zu.«

»Macht ja nichts«, sagte sie.

»Macht ja nichts«, wiederholte er.

»Ein Umstand, der dazu beiträgt, meine armselige Existenz in eine Hölle zu verwandeln«, fuhr Flavie fort, »ich habe einen unwürdigen Bruder. Er schläft mit seinem Hund, spuckt auf den Boden, sobald er wach ist, tritt das Kätzchen in den Hintern und rülpst mehrmals, wenn er an der Concierge vorbeikommt.«

Ouen blieb stumm. Wenn Geilheit und Abirrungen in diesem Ausmaß den Verstand eines Menschen umkehren, dann sieht man sich außerstande, einen Kommentar abzugeben.

»Können Sie sich vorstellen«, sagte Flavie, »was das später werden soll, wenn er schon mit achtzehn Monaten so ist?«

Diesmal brach sie in Tränen aus, wenige zwar, doch ziemlich dicke. Ouen tätschelte ihr die Wangen, aber sie heulte heiße Tränen, und er zog rasch seine verbrühten Taster zurück.

»Ah«, sagte er, »meine arme Kleine.«

Darauf hatte sie nur gewartet.

»Wie ich Ihnen gesagt habe«, fügte sie hinzu, »das Schönste kommt noch.«

»Reden Sie«, insistierte Ouen, jetzt auf alles gefaßt.

Sie sagte es ihm, und er beeilte sich, sich Fremdkörper in die Ohren zu stopfen, um nicht zu hören; das wenige, was er vernehmen konnte, verursachte ihm einen ungesunden Schauder, der seine Unterwäsche feucht werden ließ.

»Ist das alles?« fragte er mit der lauten Stimme derer, die noch nicht lange taub sind.

»Das ist alles«, sagte sie. »Ich fühle mich besser.«

Sie trank mit einem Zug ihr Glas aus und ließ den Inhalt desselben auf dem Tisch zurück. Dieser Dummejungenstreich konnte ihren Gesprächspartner nicht aufheitern.

»Unglückselige Kreatur!« seufzte er schließlich.

Er zog eine Brieftasche hervor und rief den Kellner, der trotz sichtbaren Widerwillens kam.

»Monsieur haben mich gerufen?«

»Ja«, sagte Ouen. »Ich schulde Ihnen?«

»Soviel«, sagte der Kellner.

»Hier«, sagte Ouen und gab mehr.

»Ich bedanke mich nicht«, bemerkte der Kellner, »die Bedienung ist inbegriffen.«

»In Ordnung«, sagte Ouen. »Hauen Sie ab, Sie stinken.«

Der Kellner ging verlegen, das hatte gesessen. Flavie betrachtete Ouen voller Bewunderung.

»Sie haben Geld!«

»Nehmen Sie alles«, sagte Ouen. »Ihnen mangelt es mehr als mir.«

Sie staunte verblüfft, wie vorm Weihnachtsmann. Ihr Gesichtsausdruck ist schwer zu beschreiben, weil den noch niemand gesehen hat, den Weihnachtsmann.

Er kehrte allein nach Hause zurück. Es war spät, nur jede zweite Straßenlaterne war noch erleuchtet, die anderen schliefen im Stehen. Ouen ging mit gesenktem Kopf und dachte an Flavie, an ihre Freude, als sie all sein Geld nahm. Er fühlte sich ganz gerührt. Kein einziger Schein mehr in seiner Brieftasche, arme Kleine. In ihrem Alter fühlt man sich ohne Geld zum Leben verloren. Merkwürdig: er erinnerte sich daran, daß sie gleich alt waren. So ganz und gar mittellos. Jetzt, wo sie alles mitgenommen hatte, wurde ihm klar, was das bedeuten konnte. Er schaute sich um. Die Straße leuchtete fahl, und der Mond stand gerade auf der Achse der Brücke. Kein Geld mehr. Und die Wortfalle mußte noch fertiggestellt werden. Die leere Straße bevölkerte sich mit dem langsamen Hochzeitszug eines Schlafwandlers; aber Ouen wurde nicht heiterer. Er dachte wieder an den Gefangenen. Für den waren die Dinge einfach. Für ihn selber im Grunde auch. Die Brücke kam näher. Kein Geld mehr. Arme, arme Flavie. Nein, nicht doch, sie hatte jetzt welches. Aber was für eine herzzerreißende Geschichte. Man kann ein solches Elend nicht einfach hinnehmen. Welch ein Glück, daß er sie da gefunden hatte. Für sie. Kommt für jeden immer rechtzeitig jemand vorbei?

Er stieg über das Geländer und suchte auf dem Gesims Halt. Der Nachhall der Hochzeitsgesellschaft verlor sich in der Ferne. Er schaute nach rechts, nach links. Wirklich, sie konnte von

Glück sagen, daß er vorbeikam. Kein Schwanz zu sehen. Er zuckte die Achseln, tastete nach seiner leeren Tasche. Ganz und gar überflüssig, unter diesen Bedingungen noch weiterzuleben. Aber warum diese Geschichte mit flußaufwärts und flußabwärts?

Er ließ sich in den Fluß fallen, ohne darüber nachzudenken. Es war genauso, wie er es sich gedacht hatte: man ging senkrecht unter. Egal auf welcher Seite.

DRENCULA
Auszüge aus dem Tagebuch von David Benson

1

Ich befand sich seit kaum einer Stunde im Schloß des Grafen Drencula, und schon ließ das unheimliche Aussehen dieses Ortes in meinem Herzen die düsteren Ahnungen aufkeimen.

Der Sitz des Grafen erhob sich in einer der wildesten Gegenden des großen Waldes von Transsylvanien, der seine schwarzen Horden von österreichischen Kiefern und gegenüber dem Gipfel geringschätzigen Lärchen zum Sturmangriff gegen die ersten Ausläufer der Karpathen schickt; das Schloß, hoch oben auf einem Felsvorsprung, thronte über einer tiefen Schlucht, in derem Innern ein schäumender Wildbach rauschte.

Der Graf hatte die Anwaltskanzlei, bei der ich in London angestellt war, gebeten, ihm einen ihrer Vertreter zu schicken, um, so schrieb er, bestimmte wichtige Papiere in Ordnung zu bringen; in meiner Brieftasche hatte ich die Kopie des Antwortschreibens, die mich ihm gegenüber legitimieren sollte, und dieses kleine weiße Blatt war das einzige, was in dieser Lage ein wenig meine Angst zerstreuen konnte.

In der Tat war mir in der Stunde, seit ich die Schwelle des schmucklosen Gebäudes aus grauem Stein überschritten hatte, keine menschliche Seele begegnet. Nur einige Fledermäuse kreisten bizarr in der Luft herum und bevölkerten mit ihren schrillen Schreien die lastende Stille, und lediglich die Erinnerung an mein großes getäfeltes Büro in London vermochte mich wieder einigermaßen ins Gleichgewicht zu bringen.

Gleichwohl entdeckte ich schließlich bei meinem Gang durch die einzelnen verlassenen Säle, versteckt hinter einem viereckigen Türmchen, das sich im Norden erhob, ein Zimmer, in dem ein Holzfeuer knisterte. Ein Brief, den ich auf einem Tisch neben einer reichlichen Mahlzeit fand, setzte mich davon in Kenntnis, daß der Eigentümer seit zwei Tagen auf der Jagd war. Und er entschuldigte sich, mich auf so formlose Weise zu empfangen und bat mich, es mir so bequem wie möglich zu machen und auf seine Rückkehr zu warten.

Seltsam, statt meine Furcht zu vermehren, zerstreute die geheimnisvolle Seite der Angelegenheit meine Bedenken, und leichten Herzens speiste ich aufs Angenehmste.

Dann streckte ich mich, nachdem ich mich, weil es zum Ersticken heiß war, völlig ausgezogen hatte, vor dem Feuer auf einem riesigen schwarzen Bärenfell aus, das immer noch leicht nach wildem Tier roch, wofür zweifellos die rückständigen Gerbmethoden der örtlichen Bergbevölkerung verantwortlich waren.

2

Ich wurde durch ein Empfinden von Beklemmung aus meiner Betäubung gerissen, und dazu kam eine weitere Empfindung, die mir völlig unbekannt war. Meine Vergangenheit als eingefleischter Junggeselle hatte mich zweifellos auf eine derartige Erfahrung nicht vorbereitet; aber als sich ein, wie mir schien, beträchtliches Gewicht auf meine Brust senkte, hatte ich zugleich den Eindruck, daß mein gesamter Geschlechtsteil sich in eine warme und sehr bewegliche Höhle gesteckt fand und daß er durch diese für ihn neue Erregung eine völlig unerwartete Zunahme an Kraft und Umfang erreichte. Während ich allmählich wieder zu mir kam, bemerkte ich, daß sich meine Nase und mein Mund an elastischem Flaumhaar wundgerieben hatten; ein besonderer, leicht betäubender Geruch drang in meine Nasenlöcher, und als ich die Hände hob, begegnete ich zwei glatten, seidenweichen Kugeln, die bei meiner Berührung leicht erbebten und sich ein wenig anhoben; da ich eine gewisse Feuchtigkeit auf meiner Oberlippe spürte, leckte ich diese Feuchtigkeit, und meine Zunge drang in eine fleischige und glühende Spalte ein, die in diesem Augenblick sich zusammenzuziehen begann. Ich schlürfte den kräftigen Saft, der mir jetzt in den Mund floß, und es wurde mir klar, daß jemand ausgestreckt, Kopf bei Fuß, auf mir lag und an meinem Glied nagte, während ich ihm auf der anderen Seite die gleiche Höflichkeit bezeigte; ich, David Benson, war dabei, das Organ eines Wesens abzulutschen, und ich gewann dem höchste Lust ab.

Diese Feststellung überraschte mich in dem Moment, als ich,

von einer heftigen Aufwallung erfaßt, eine große Menge Sperma abspritzte, die geschluckt wurde, sobald sie heraus war. Gleichzeitig versteiften sich die Schenkel, die meinen Kopf umklammerten; ich tat mein Bestes, indem ich meine Zunge, so schnell wie ich konnte, reinsteckte und wieder rauszog, und schluckte alles, was ich aus dem siedenden Kelch ziehen konnte, der meinen Mund umtanzte. Meine Hände blieben nicht untätig, sie prüften von oben nach unten die duftende Furche, an der meine Nase einen aphrodisischen Duft ausmachte; meine Finger drangen zeitweise in einen anderen und viel schwerer zugänglichen Schacht.

»Ich bin verloren«, dachte ich. »Der Graf ist ein Vampir, und diese Person steht in seinen Diensten. Und jetzt werde ich selber auch ein Vampir …«

In diesem Moment drückte die Kreatur ihren Hintern ein wenig mehr gegen meine Nase, und ich spürte, wie eine zottige, harte Masse mein Kinn im Sturm eroberte. Beim Anfassen des Dings bemerkte ich, daß es sich in einem steifen, geschwollenen Glied fortsetzte, das sich abmühte, in meinen Mund einzudringen.

»Ich träume …«, dachte ich. »Beide Geschlechter können nicht in derselben Person vereint sein.«

Und weil man aus den Träumen Nutzen ziehen soll, um seinen Erfahrungsschatz zu vergrößern, saugte ich an diesem Glied so gut ich konnte, indem ich meine Zunge in den Gaumen zurückführte, um mit ihr den Spalt abzutasten, der die Eichel in zwei Hälften teilte, denn ich wollte diese topographischen Forschungen zum erfolgreichen Abschluß bringen. Der Eifer des Vampirs entfaltete sich dann an meinem Bauch, und er leckte mir, ich weiß nicht wie, wahrscheinlich dank eines Rückzugs, den ich, ohne mir darüber im Klaren zu sein, angetreten hatte, die Gestade des Hinterns mit einer spitzen und wie ein Schlangenkopf beweglichen Zunge. Mein erschlaffter Schwanz wurde von dieser Berührung wieder steif.

Ein letztes Strecken des Schaftes, den ich gierig saugte, zeigte mir einen plötzlichen Wechsel an, und mein Mund füllte sich mit fünf bis sechs Spritzern eines wohlschmeckenden Spermas, dessen Seifenlaugengeschmack rasch einem diskreten Trüffelaroma Platz machte. Bevor ich Zeit gefunden hatte, alles zu schlucken, drehte sich der Vampir schnell um, und sein Mund saugte sich an meinem fest, wobei er mein Zahnfleisch und meinen Rachen nach den paar darin noch befindlichen Fasern absuchte. Unterdessem drang mein Geschlecht in einen heißen und sanften Schlund ein, während eine zarte Hand, die zum Eingang meines Afters gelangt war, dort einen noch schüchternen Phallus reinschob, der jedoch von Stoß zu Stoß kräftiger wurde und mich so mit heftigsten und unverhofftesten Erschütterungen in den Irrsinn trieb.

Bei meinen Anstrengungen, wieder zu Bewußtsein zu kommen, hatte ich Zeit, mir zu überlegen, daß es sich notwendigerweise um einen Traum handelte, da die Scheide, die sich ja in der vorangegangenen Minute zwischen dem After und den Hoden geöffnet hatte, sich jetzt oberhalb des Schwanzes befand, und ich machte mir das weiterhin zunutze. Das Tier durchfuhr mir das Gesicht mit schnellem und flüchtigem Gelecke rund um die Augen, die Ohren und die Schläfen. Stellen, wo ich niemals solche Empfindlichkeit vermutet hätte. Ich hatte eine große Lust, diese Kreatur zu erblicken, aber der ersterbende Glanz des Feuers erlaubte es kaum, einen Teil seines Schattens zu erkennen, der sich im Gegenlicht der matten Röte des Kamins abzeichnete.

Doch diese Überlegungen wurden durch eine neue Welle der Lust, die mich packte, abgeschlossen, und aus mir schoß ein Strom von Flüssigkeit ins Innere des Schraubstocks, der mein Glied umspannte, während ich tief in meinen Eingeweiden jenen meines Alptraums sich ergießen spürte. Meine Hände verkrallten sich in spitze und harte Brüste, bis ich ihre Warzen sich in mein Fleisch bohren spürte, dann verlor ich das Bewußtsein, erschöpft von so schrecklichen und kräftigen Eindrücken.

Hier hört David Bensons Tagebuch auf. Diese wenigen Blätter wurden neben seinem Körper, in der Umgebung des unbewohnten Schlosses Radzaganyi in Ungarn gefunden. David Benson war teilweise von wilden Tieren zerrissen worden, die seltsamerweise seinen Unterleib vollkommen zerfressen und sein Gesicht mit Kot und Urin bedeckt hatten.

NACHWORT

»Das Obszöne
existiert nur in den Köpfen derer,
die es entdecken und es anderen andichten.«
Boris Vian

Boris Vians größter literarischer Erfolg zu Lebzeiten war der Roman *Ich werde auf eure Gräber spucken*, der Schlagzeilen machte, weil der Verleger des aus dem Amerikanischen übersetzten Buches wegen Verbreitung pornographischer Literatur angezeigt wurde. Rechtzeitig zum Prozessbeginn lieferte Vian auch das amerikanische Original nach (»I shall spit on your graves«), aber es sprach sich dann doch herum, daß der »Übersetzer« des Romans mit dem Autor Vernon Sullivan identisch war. Das bewußt angewandte Erfolgsrezept, ein Skandalbuch à la Henry Miller im Stil amerikanischer Romane der »Schwarzen Serie« zu verfassen, funktionierte. Die Kritiker feierten Sullivan, um ihn schließlich, als feststand, daß sie gefoppt und ihr Sachverstand blamiert worden war, zum skandalsüchtigen Epigonen zu erklären. Seinen weiteren Werken schenkte man keinerlei Beachtung mehr. Er blieb lange Zeit als Pornograph abgestempelt, obwohl er nur den Stoff, aus dem sogenannte pornographische Bücher gemacht sind, geschickt benutzt und eine Story erfunden hatte, der er durch eine raffinierte Konstruktion einen ausgesprochen gesellschaftskritischen Dreh zu geben wußte.

Ich werde auf eure Gräber spucken weicht in den Grundzügen, auch wenn das Buch nur als Folge einer Wette und in wenigen Tagen entstanden ist, nicht wesentlich von den anderen, nicht unter Pseuonym erschienenen Romanen ab. Die Betrachtungsweise des Lebens, die Rollenverteilung Täter und Opfer und die Zeichnung der Figuren haben sich nicht geändert. Der Name Vernon Sullivan, der als eine Huldigung für zwei Freunde interpretiert werden kann, ist ein weiteres Kostüm des Verkleidungskünstlers Boris Vian, der sich auch Adolphe Schmürz, Bison Ravi oder Baron Visi nannte. Paul Vernon war ein Student der Pharmazie – er wurde später Zahnchirurg – der mit Vian im Orchester Claude Abadie spielte, und Joe Sullivan war ein zu jener Zeit von Vian höchst geschätzter Jazzpianist, ein illustrer Vertreter des Chicago-Stil.

Die Klage gegen Sullivans Roman lautete, er sei geeignet, »Jugendliche zur Ausschweifung zu verleiten«. Die Affäre artete zum Skandal aus, als ein Exemplar des Romans an der Stätte eines Gewaltverbrechens aufgefunden wurde. Im Juli 1949 wurde das inkriminierte Buch verboten. (Erst 1973 erschien eine Neuauflage, bis zu diesem Zeitpunkt war der Roman nur in einer von Françoise d'Eaubonne unzulänglich bearbeiteten Fassung im Handel, der ein unter Mitwirkung von Vian entstandenes Filmskript als Vorlage gedient hatte.) Der Prozess gegen Vian zog sich hin bis 1953. Zunächst wurde er freigesprochen, dann zu einer Geldstrafe, am Ende zu zwei Wochen Haft verurteilt, die er aber nicht antreten mußte.

Die Kritiker, durch die polemischen Versteckspiele des Autors und dessen aggressiven Witz, der vor keinem Tabu haltmachte, herausgefordert, spielten den Skandal hoch; sie sorgten dafür, daß Vian seinen Ruf als »Pornograph« nicht los wurde, um ihn als Schriftsteller abtun zu können. Die Folge war, daß die weiteren Bücher des Autors ebenfalls gerichtlich verfolgt und unter ausschließlich kriminalistischen Kriterien begutachtet wurden. Am 13. April 1950 wurde auch der Roman *Tote haben alle dieselbe Haut* verboten. Dessen Hauptfigur, dem weißen Rausschmeißer eines Lokals, der für einen Schwarzen gehalten wird, hatte Vian den Namen Dan Parker gegeben, eine Anspielung auf den Präsidenten des »Cartel D'Action Morale et Sociale«, der beim Verfahren gegen *Ich werde auf eure Gräber spucken* als Hauptkläger auftrat und Daniel Parker hieß. Gegen alle Anhänger körperlicher Ertüchtigung, »diese Daniel Parkers, die Pfadfinder, die Jugendorganisationen, die Elternvereine, die amerikanischen Filmproduzenten, die Flurwächter, die Polizei, das ganze Militaristenpack, und was da sonst noch kreucht und fleucht« –, nahm Boris Vian in einem Vortrag über *Die Nützlichkeit erotischer Literatur* am 14. Juni 1948 im Club Saint-James Stellung: »Da befinden ein paar Idioten, daß das Geschäft mit Kanonen und Uran doch recht abgeschlafft ist, und gleich schießt die Kriegsliteratur ins Kraut ... Sowas ist erlaubt und wird sogar gefördert ... Aber wenn ein armer Teufel ein bißchen detailliert auf den geschmeidigen Lendenschwung seiner Vielgeliebten eingeht oder auch sonstwelche bemerkenswerten und verlockenden Einzelheiten ihrer Anatomie enthüllt, wird augenblicklich zum Halali geblasen ...!«

Viele Glossen, Gedichte, Lieder und Erzählungen Vians sind auf dem Hintergrund dieser Auseinandersetzungen zu sehen, bei denen es immer wieder um die Frage geht, ob nicht die Prediger von Moral und die Einpeitscher von Zucht und Ordnung als die schlimmeren »Pornographen« zu gelten haben. Vians Auffassung war: Je mehr Aktivität auf Liebe und Sexualität verwendet wird, umso schlechter stehen die Chancen für Krieg, und wird Entspannung in der Liebe gefunden, ist dem Krieg erst einmal der Nährboden entzogen.

»Erotische Bücher lesen, sie anderen nahebringen, sie schreiben, heißt an der Welt von morgen arbeiten und der echten Revolution den Weg bereiten.« In diesem Sinne hat Vian fast nur »unanständige« Geschichten geschrieben. So unbeschwert und lustbetont, wie er die Klassiker der erotischen Literatur verstanden wissen will, lassen sie sich allerdings nicht immer lesen, und Vians eigene Romane und Erzählungen zeugen trotz ihrer Beschwingtheit mehr von seiner Sehnsucht nach Liebesfähigkeit als nach uneingeschränkter Liebesbetätigung; im Wesentlichen sind sie ein beredtes Zeugnis seiner Ängste, Obsessionen und Projektionen. So sehr Vian die Liebe preist und auch immer wieder betont, wie sehr er »Frauen mag«, fast in allen Texten, die er von 1944 bis zu seinem Tod 1959 geschrieben hat, stellt er Frauen negativ dar: sie hindern den Mann am Glück, sie verstehen nicht die Probleme des Mannes, sie können ihm so gut wie gar nicht bei der Lösung seiner Schwierigkeiten helfen. Die »peinliche« Geschichte, die uns Vian erzählt, verläuft immer nur in einer Richtung: der Mann begegnet einer Frau, er gibt ihr Selbstvertrauen und neuen Lebensmut, er »versteht« sie, und sie mißversteht ihn, sie erreicht mit ihrer penetranten Lebensauffassung, daß er sich umbringt. In der Regel überleben die Frauen den Mann, sie werfen sich ohne Bedenken ins Leben, und wenn sie den Mann nicht mehr gefangen halten können, halten sie sich an die Kinder. Den Freiheitsraum und die Träume, die das Kind gegen die Eltern zu verteidigen hat, muß der Mann gegen die Frau verteidigen. Mutter und Gattin – Vian macht da keinen Unterschied –

wollen dasselbe: den Sohn, den Mann besitzen, seine Haut durchdringen. Verständigung ist eigentlich unmöglich. Im Roman *Der Herzausreißer* sagt Angel: »Frauen und Männer leben nicht auf derselben Ebene.«

In den Tagebuchaufzeichnungen aus dem Jahr 1914 findet sich bei Franz Kafka eine »peinliche Geschichte«, die der »Aussichtslosigkeit« von Boris Vian, der Unmöglichkeit, bei dem Menschen, den man liebt, rettendes Verständnis zu finden, sehr nahe kommt: »Ich gehöre hinunter, ich finde keinen anderen Ausgleich, F. ist zufällig die, an der sich meine Bestimmung erweist, ich bin nicht fähig, ohne sie zu leben, und muß hinunterspringen, ich wäre aber – und F. ahnt dies – auch nicht fähig, mit ihr zu leben ... ich lebe ganz verwickelt ins Leben, ich werde es nicht tun, ich bin ganz kalt, bin traurig, daß ein Hemd um den Hals mich drückt, bin verdammt, schnappe im Nebel.«

Selbst in *Der Schaum der Tage*, einem Roman voller Zärtlichkeit, den Queneau als »eine der ergreifendsten Liebesgeschichten der Gegenwart« bezeichnet hat, wird von Vian die kritische Haltung gegenüber den Frauen nicht aufgegeben. In gewisser Weise ist eben Chloé die Ursache des Unglücks von Colin. Beider Liebe wird von keinerlei Schatten getrübt, solange sie unverheiratet sind. Die Hochzeit jedoch versetzt das Paar zurück ins wirkliche Leben, von nun an geht alles schief. Colin stellt sich nicht die Frage, ob er wirklich für die Ehe geschaffen ist, wie das der Major und Antioche am Ende von *Drehwurm, Swing und das Plankton* tun. Er bleibt in Chloé verliebt, läßt sich das einmal von ihr gewonnene Bild nicht beschmutzen und folgt ihr in den Tod.

In den im Milieu der Jazzkeller, Nachtclubs und Surprise-Parties spielenden Erzählungen bleiben die misogynen Invektiven spielerisch, es überwiegen burleske und ironische Töne, aber in Romanen wie *Herbst in Peking, Das rote Gras* und *Der Herzausreißer* ist der Humor vollkommen schwarz eingefärbt, und die Liebe schrumpft zur Utopie, an der das Herz des Mannes bricht, während die Geliebten des Mannes ihren Lebenshunger als phantasielose Sexmonster zu stillen vermögen. »Die haben keine Phantasie«, resumiert Anne in *Herbst in Peking*, »und sie glauben, daß sie ausreichen, um ein Leben zu erfüllen.« In den verschiedensten Situationen des Lebens erweist sich immer nur, daß der Mann zum Opfer weiblicher Grausamkeit wird. Es ist nicht ungewöhnlich, daß befreundete Männer sich fragen, ob man denn überhaupt eine Frau braucht: »Physisch«, sagte Angel, »vielleicht«. »Nein«, sagte Anne. »Nicht nur physisch; selbst intellektuell gesehen ist keine Frau unentbehrlich. Sie sind zu verquer.«

Homosexualität ist keine Lösung. Homosexuelle Männer spielen bei Vian nur dasselbe Spiel wie Mann und Frau. Frauen, deutet Vian noch in den verrücktesten seiner Geschichten an, sind zugleich Schlüssel und Hindernis zum Glück des Mannes. Ohne sie ist er nichts, er kann sich ihnen nicht entziehen, aber sie bleiben ihm fremd und er ist unweigerlich ihren Foltermethoden ausgesetzt. Das negative Frauenbild findet sich keineswegs nur in den Romanen des Vernon Sullivan, wo es sozusagen genrebedingt »gebraucht« wird, es ist als wesentlicher Grundzug in allen Werken Vians vorhanden. Seine Darstellungsweise entspricht ziemlich genau der von Raymond Chandler, dessen Romane er übersetzt hat und in denen sich die Männer in ihrem Verhalten gegenüber Frauen überweigend durch Misogynie und Masochismus auszeichnen.

In *Hunde, Lust und Tod* verliebt sich ein Taxichauffeur grenzenlos in eine Frau, die ihn nur als Werkzeug ihrer ausgefallenen Leidenschaft braucht. Sie verschafft sich lediglich ihre Lust, der Mann aber bleibt ihr verfallen über ihren Tod hinaus, er wird für den Mord, den sie begangen hat, exekutiert: »Ich weiß, für euch bin ich ein Monster, aber ihr habt dieses Mädchen nicht gekannt. Ob Hund oder Kind, für diese Frau hätte ich alles getötet.« Und in der alptraumhaften Novelle *Der Voyeur* wird der arglose Skifahrer, der unbekümmert hinter den drei Mädchen her ist, als unwillkommener Zeuge ihrer Sexspiele im Schnee umgebracht – noch eine jener kaltblütig ausgeführten Kreuzigungen, die dem Mann von der Frau widerfahren.

Schon aus Rache »für die rüde Behandlung seitens der Männer« sollten Frauen, meinte Vian, mehr erotische Literatur schreiben: »Nie hat es eine Frau gewagt, Männer auf dem Papier derart zu mißbrauchen, wie sich das die Männer den Frauen gegenüber herausnehmen.« Vian, der Meister von »unanständigen« Geschichten, die so peinlich oder bitterkomisch enden, mochte die männer-betonte »pornographische« Literatur eher nicht. Nicht Henry Miller schätzte er, sondern so verspielt amouröse und jugendtolle Bücher wie »Erwachsende Herzen« von Colette. Die Misogynie war das auffälligste Merkmal seines Hangs zum Paradoxen, gewiß diente sie vor allem als Tarnung seiner Einsamkeit und Verletzbarkeit. Hinter der Maske verbargen sich, Simone de Beauvoir weist darauf in ihren Memoiren hin, »ein außerordentlicher Zartsinn und eine Art eigensinniger Aufrichtigkeit«.

Nicht zuletzt bestärkten die misogynen Züge seines Wesens Vian in seinen Ressentiments gegen Staat, Militär, Kirche, Polizei und Bürokratie. Sein Nonkonformismus war keine modische Attitude, er suchte »Bewegung«, Konfrontation, unkonventionelle Kunst- und Lebensformen. Er verstand sich als »Wissensabenteurer«, der möglichst viel entdecken und intensiv erleben wollte, weil er von Jugend an wußte, daß er keine vierzig Jahre alt werden würde. Schließlich war er auch Anhänger der pataphysischen Wissenschaft und deren Definition durch Alfred Jarry: »Sie soll die Gesetze untersuchen, durch die die Ausnahmen bestimmt werden und soll das über das unsere hinaus bestehende Universum erklären; oder bescheidener, sie soll ein Universum beschreiben, das man sehen kann und das man vielleicht statt des Überkommenen sehen sollte, weil die Gesetze des überkommenen Universums, die man entdeckt zu haben glaubt, Wechselbeziehungen zwischen Ausnahmen, wenn auch ziemlich häufigen, darstellen, auf jeden Fall aber zwischen akzidentiellen Fakten, die nicht einmal den Reiz der Einmaligkeit besitzen, weil sie sich auf wenig außergewöhnliche Ausnahmen beschränken.«

Klaus Völker

ANMERKUNGEN

Der Badepriester (Le Ratichon baigneur): Erstdruck in der Zeitschrift »La Rue«, Nr. 8, 26. 7. 1946. – Die Badeanstalt Deligny befindet sich in der Seine, auf der Höhe des Palais Bourbon. – Deutsch von Klaus Völker.

Der Südwall (Les Remparts du Sud): 1946 entstanden. Erst posthum in dem Band »Le Loup-garou« (1970) erschienen. – Eine der in den Umkreis der frühen Romane »Aufruhr in den Andennen« und »Drehwurm, Swing und das Plankton« gehörenden Geschichten, in denen ebenfalls der Major auftritt. Boris Vian verwendete gerne als Pseudonym das Anagramm seines Namens Bison Ravi. – Deutsch von Frank Heibert.

Hunde, Lust und Tod (Les Chiens, le désir et la mort): Erstdruck im Anhang zu dem im Herbst 1947 bei Editions du Scorpion erschienenen Roman »Les Morts ont tous la même peau«, den Vian unter dem Pseudonym Vernon Sullivan veröffentlichte. – Deutsch von Asma Semler.

Surprise-Party bei Léobille (Surprise-partie chez Léobille): Erstdruck im Samedi-Soir vom 12. Juli 1947. – Deutsch von Klaus Völker.

Blues für ein schwarze Katze (Blues pour un chat noir): Der Titel ist die französische Übersetzung des »Black Cat Blues«. – Die Erzählung gehört zu den elf Geschichten des Bandes »Les Fourmis«, der im Juli 1949 bei Editions du Scorpion erschien. – Deutsch von Klaus Völker.

Mutterschaft (Maternité): 1949 entstanden. Aus dem Nachlaß erstmals in dem Band »Le Ratichon baigneur« (1981) gedruckt. – Deutsch von Frank Heibert.

Der Impotente (L'Impuissant): Vermutlich ebenfalls 1949 entstanden. Erstmals in »Le Ratichon baigneur« gedruckt. – Louis Barucq hieß auch in Wirklichkeit der Barkeeper der Librairie des Club Saint-Germain-des-Prés. Er war berühmt als der Erfinder des »Foutralafraise« (Manneskraft mit Erdbeersaft) genannten Cocktails, dessen offizieller Name auf der Getränkekarte »Sperma des rosa Flamingo« lautete. – Deutsch von Frank Heibert.

Ein goldenes Herz (Un Coeur d'or): Geschrieben vom 8.–10. April 1949, erschien im Herbst 1949 in Nr. 63 der Zeitschrift »La Bouteille à la Mer«. Die Geschichte hieß zuerst »Das Rasiermesser«. – Deutsch von Frank Heibert.

Der Mörder (L'Assassin): Erstdruck in der Zeitschrift »Dans Le Train«, Nr. 17, Dezember 1949. – Deutsch von Frank Heibert.

Liebe ist blind (L'Amour est aveugle): Die Geschichte erschien in Nr. 1 der Zeitschrift »Paris-Tabou« im September 1949. – Deutsch von Klaus Völker.

Der Voyeur (Le Voyeur): Erstdruck unter dem Titel »Der Schneemann« in der Zeitschrift »Sensations«, Nr. 32, im April 1951. – Deutsch von Frank Heibert.

Eine peinliche Geschichte (Une pénible Histoire): Erstdruck im Frühjahr 1952 in der Nr. 72 der Zeitschrift »La Bouteille à la Mer«. – Deutsch von Klaus Völker.

Drencula (Drencula): Von Bram Stoker und Ambrose Bierce angeregte Erzählung. Wahrscheinlich 1955 geschrieben. – Sie wurde von Noël Arnaud erstmals in dem Band »Ecrits Pornographiques« (1980) publiziert, der auch die Abhandlung »Über die Nützlichkeit einer erotischen Literatur« enthält. – Deutsch von Klaus Völker.

BORIS VIAN
im Verlag Klaus Wagenbach

Das rote Gras
In diesem Roman erforschen die Männer vergeblich sich selbst, und die Frauen stehen und liegen kopfschüttelnd daneben.

Deutsch von Eugen Helmlé
WAT 233. 152 Seiten

Ich werde auf eure Gräber spucken
Ein völlig verfickter Roman aus verfickten Zeiten: Vian in der Verkleidung eines schwarzen amerikanischen Krimi-Schriftstellers!

Deutsch von Eugen Helmlé
WAT 240. 136 Seiten

Aufruhr in den Andennen
Dieser Roman ist Boris Vians Erstling: Er zeigt uns hier, wie fruchtbar die Liaison ungezügelter Phantasie mit einem frischen Ingenieurdiplom sein kann.

Deutsch von Wolfgang S. Baur
WAT 243. 96 Seiten

Tote haben alle dieselbe Haut
Eine witzige, böse Travestie auf den amerikanischen Krimi und seine großmäuligen, prügelnden, saufenden Weiberhelden.

Deutsch von Asma Semler
WAT 244. 128 Seiten

Herbst in Peking
Der exaltierteste Roman von Boris Vian: Er erzählt die Geschichte einer Liebe und das Scheitern einer großen Spekulation.

Deutsch von Eugen Helmlé
WAT 271. 296 Seiten

BORIS VIAN
im Verlag Klaus Wagenbach

BORIS VIAN
im Verlag Klaus Wagenbach

Drehwurm, Swing und das Plankton
Wie man sich auf einer Party amüsiert, auf der die begehrteste Frau unter dem Schutz eines Unteringenieurs steht.

Deutsch von Eugen Helmlé
WAT 249. 184 Seiten

Der Herzausreißer
Ein surrealer Roman voll Unzucht, Psychoanalyse und Geistererscheinungen.

Deutsch von Wolfgang S. Baur
WAT 257. 216 Seiten

Die kapieren nicht
Ein »amerikanischer« Roman, den Vian unter Pseudonym schrieb – voll von feinen Leuten, erotischen Knallern und rasendem Leben.

Deutsch von Hanns Grössel
WAT 258. 136 Seiten

Der Deserteur
Vian von seiner störendsten Seite: mit Texten, die Militär, Nation und hergebrachte Sitten möglichst niedrig hängen.

WAT 400. 128 Seiten

Wir werden alle Fiesen killen
Vom blutigen Anfänger zum Sex-and-Crime-Profi nimmt Rock Bailey seinen Weg …

Deutsch von Eugen Helmlé
WAT 406. 192 Seiten